이지애 감성 에세이
퐁당

| 이지애 감성 에세이 |

퐁당

글·그림 이지애

해냄

"양주 두 병이 있어. 하나는 17년산, 다른 하나는 21년산. 같은 원료로 만든, 같은 이름의 술이지만 두 병의 술은 다른 점이 아주 많아. 맛과 향, 품질과 가격⋯⋯. 하지만 그보다 더 큰 차이가 무언지 아니? 17년산 양주는 집에 10년을 둬도 100년을 둬도 그대로 17년산 양주로 남아. 하지만 21년산 양주는 1년, 아니 단 한 시간을 둬도 변함없이 21년산 양주라는 거야. 이 세상에 언제 나가느냐는 중요한 게 아니야. 그보다 더 중요한 것은 세상을 향할 때의 네 모습, 네 자세가 어떠한 가야. 절망하지 마. 이제부터는 21년산 양주로 너를 만들어 나가려는 노력을 하면 되잖아. 우리 지애, 힘내자. 응?"

한창 꿈을 꾸던 스물다섯의 가을. 한 방송사의 최종면접 탈락 소식을 전해 듣고 절망에 빠진 내게, 아빠가 해주신 말씀이다. 그리고 이틀 뒤, 눈물을 겨우 닦아내고 본 또다른 방송사의 시험에서 나는 엄청

난 선물을 받게 되었다. 나 같은 사람이 받아도 되는 걸까. 한 손으로 들고 있기 버거워 두 손으로 받쳐 들고서도 마치 내 것이 아닌 양 조심스럽게 자꾸 바라만 보았던 이름, 아나운서. 그 어색했던 이름이 이제는 내 인생을 설명할 때 빼놓을 수 없는 이름이 되어버렸다.

7년차 아나운서. 여전히 엉거주춤 서 있는 나는, 지금의 내 모습을 자꾸만 거울에 비춰보게 된다. 지금 나의 자세는 어떠한가. 어설프고 불안하지는 않을까. 얄밉고 거만하지는 않을까. 21년산은커녕 한입 먹고 버리게 될 만큼 향기 없는 모습은 아닐까.

나의 20대는 퐁당, 어딘가에 빠져 살았던 시간들이었다. 꿈을 위해 퐁당, 사랑을 위해 퐁당, 그리고 삶이라는 거대한 바다 속에도 퐁당 빠졌었다. 처음엔 이렇게 빠져버리면 죽을 것만 같았다. 그러나 완전히 흠뻑 빠졌을 때 우리는 그곳을 자유롭게 헤엄칠 수 있다.

이 책은 20대의 꿈꾸던 시절부터 서른을 살고 있는 오늘 나의 마음까지를 모은 것이다. 10년 전 일기장을 들춰보니 어설프고 서툰 감성들이 물감처럼 또옥똑 선명하게 묻어난다. 진하고 또렷하지만 이리저리 뒤섞여 당장이라도 그림을 망칠 것 같은 불안감이 늘 서려 있다. 하지만 이제는 적당히 물을 섞어 농도를 조절할 줄도 알고, 아니다 싶을 땐 완전히 새로운 그림을 그릴 수도 있는 여유도 생겼다. 무심히 흘러버린 세월인 줄 알았건만 그 안에는 언제나 사람이 있었고, 이야기가 있었고, 조금씩 조금씩 성장한 내가 있었다.

사무치게 그립고 애잔한 시간들이지만 최선을 다해 살았기에, 누군가 다시 돌아가라고 한다면 그냥 여기 머무르겠노라고 말하고 싶다. 앞으로 살아가게 될 나의 시간들도 돌아보기보다는 늘 기대하는 시간들이었으면 좋겠다.

부디 이 책이 이제 막 하얀 스케치북을 펼쳐든 이들에게 조금이나

마 힘이 되었으면 좋겠다. 오래 전의 나도 지금의 그대와 같았음을,
꿈꾸는 그대는 이미 충분히 아름다움을 꼭 이야기해 주고 싶다.

2012년 가을의 문턱에서

이지애

| 차례 |

퐁당
들

매일, 하루, 오늘

퐁당
다섯

오늘 행복은
오늘 만들기

퐁당
하나

누구에게나, 그런 날

그때의 나도, 지금의 당신과 같았음을

자신이 가진 것의 진짜 매력을 알지 못한 채 쉽게 바꿔버리려는 사람들을 많이 만난다. 그러나 그렇게 쉽게 버리지 않았으면 좋겠다. '~답다'는 말은 오랜 시간 그 모습을 한결같이 살아낸 사람에게만 붙일 수 있는 말이다. 외적인 것이든 내면의 문제든, 내가 나다워지기까지 우리는 지금 껏 오랜 시간을 보내왔다.

미완의
자기소개

어릴 적 누군가를 처음 만나면 언제나 자기소개부터 했다. 자기소개에는 늘 공식이 정해져 있었다.

"저는 ○○초등학교 ○학년 ○반 이지애입니다. 우리 가족은 아빠, 엄마, 그리고 두 살 위의 언니 이렇게 네 식구입니다. 저의 장래희망은 자라서 훌륭한 ○○가 되는 것입니다."

새 학년에 올라가서도, 집에 손님이 오셨을 때도, 처음 만난 낯선 어른에게도— 소속, 나이, 가족, 희망…… 누가 가르쳐주었는지, 언제부터 시작됐는지 알 수 없는 공식들로 리듬까지 타가며 노래하듯 익숙하게 자기소개를 읊어대곤 했다.

시간이 가도 변하지 않는 이름이나 가족사항을 제외하고 학년, 나이, 장래희망 같은 동그라미 속 내용들은 늘 조금씩은 미리 생각해야만 하는 것들이었다. 언제고 때가 되면 바뀔 수도 있었고, 특히나 그 시절의 '꿈'이라는 것은 보통은 하나 이상인 경우가 많았으니까.

그러나 정작 자기소개의 '범위'가 확장되는 일은 많지 않았다. 어쩌

15

다 질문이 몇 개 추가된다면 '왜 그런 꿈을 꾸게 되었니?' '언니랑은 안 싸우니?' 정도? 그 이상은 그들도 묻지도 듣지도 않았다.

중·고등학교 때는 뭐가 그리도 쑥스러웠는지 어쩌다가 자기소개를 할 때면 목소리가 기어들어가기 시작했다. 그러면 어른들은 꼭 되묻곤 했다. "뭐? 너 이름이 뭐라고?"

그렇게 두세 번씩 반복해서 이름을 말하고 나면 더 이상은 할 말이 없었다. 그러다 어색한 분위기에서 던져진, 지금 생각해도 참 진지하지 못한 한 어른의 질문 "그래, 대학은 어디 가고 싶어?" 예민했던 시절 그 질문은 지금 나의 성적을 직접적으로 묻는 것 같아 늘 불쾌하게 들렸던 기억이 난다.

간혹 장난스런 친구들은 자기소개를 하라고 하면 "자기소개요? 나 아직 '자기' 없는데" 하며 너스레를 떨기도 했었다.

세상에서 가장 긴 자기소개를 했던 일은 아마도 입사지원서를 썼을 때가 아닌가 싶다. 제목부터 노골적으로 '자기소개서'. 1, 2, 3, 4······번호까지 매겨가며 페이지를 채우느라 늘 애를 먹었다. 겸손이 미덕이라 배워왔건만 입사지원서를 쓸 때만큼은 예외였다. 나로 말할 것 같으면 남들과는 다른 삶을 살아왔노라고, 분명 여러 면에서 좀더 나은 인간이라고······. 실은 나도 잘 모르겠는, 그네들이 꼭 나를 선택해야 하는 이유들을 만들어내느라 진땀을 뺐었다.

일종의 '공식적인 뻥(?)'이랄까. 뻥이라는 것이 '허풍'의 속된 말이라고 본다면 그건 분명 어느 정도의 허풍을 묵인하고 있었다. 참 재밌

는 것은 여러 번의 낙방으로 반복해서 쓰다 보면 자기소개서만큼은
정말 잘 쓸 수 있다는 사람들도 생긴다. 심지어 남의 자기소개서를 써
주는 아르바이트생까지 등장했다. '자기소개'가 아니라, '남의 소개'
를 하는.

"KBS 32기 아나운서 이지애입니다."
입사 후 나를 소개할 수 있는 다른 이름이 생겨 참 행복했다.

그런데 어느 날 내가 들었던 가장 당황스러운 질문, "너 어디 사
니?" 어릴 때부터 분명 어딘가에 살아왔고, 늘 그렇듯 있는 그대로 답
했을 뿐인데 뭔가 반응이 달라졌다. "정말? 보기에는 강남 스타일인
데, 아니네?"
그때 알았다. 어디에 사는지의 문제가 그 사람의 경제력이나 가정
환경, 혹은 그 이상을 의미한다는 것을. 사실관계가 맞든 아니든 어떤
이에게는 그 사람의 '배경'을 묻는 질문이기도 했다. 쓸쓸했다. 언제
고 바뀔 수 있는 동그라미 속 항목 중 하나인 건데, 그저 자기소개를
하고 있는 그 사실로 그 이상을 판단해 버려서.
나이 서른을 넘어서니 어딜 가든 자기소개를 할 일이 많지도 않지
만 그 내용도 매우 간단해진다. 이제는 굳이 누가 먼저 묻지 않는 한
쉽게 '나이'를 밝히지 않는다. 누군가에게 나이를 묻는 일 역시 어느
순간부터 조심스러워졌다.
그리고 더 이상 '꿈이 뭐냐'고 묻는 사람도 없다. 이미 이뤘다고 생

각할 수도 있고, 꿈꾸기에는 다소 늦은 나이라고 판단한 것일 수도 있다. '가족관계'는 더 늘어났고 복잡해졌다. 몇 살 위 누가 있는지, 몇 살 아래 몇 명이나 있는지 이제는 나조차도 가끔 헷갈릴 때가 있다. 사춘기를 넘어 팔춘기(?) 즈음 다다른 걸까. '나는 누구인가' 하는 철학적 물음은 아직도 미해결 답보 상태다.

어느 시점에서부터인가 남에게 소개하기에는 내가 나 스스로를 너무 모른다는 생각이 든다. 나의 소속, 나의 가족, 내가 사는 곳. 그것이 정말 나라는 사람을 대변할 수 있는 걸까. 단순히 다른 지역구민이 되거나 집안의 방 개수를 몇 개 더 늘리는 것만으로 나의 가치는 그리 쉽게 달라질 수 있는 걸까. 30대의 나는 여전히 아리송한 채, 그렇게 또다른 자기소개를 준비하고 있다.

꿈꾸기 대장,
꿈속에서 힘을 얻다

모든 것이 불확실할 때, 나는 꿈을 꾼다. 뭔가 그럴싸해 보이지만, 사실 다 덮어놓고 그냥 자버린다는 뜻이다. 불확실하다는 것은 생각이. 많아짐을 의미한다. 이런저런 가능성과 기회비용, 상황이 좋지 못할 때 대응할 변명 혹은 해명거리들…….

'아! 머리 아파.' 그렇게 드러누워서도 한참을 불면에 시달리지만 결국 이렇게 저렇게 잠에 든 밤. 꼬리를 잡을 수 없는 뫼비우스의 띠는 꿈으로까지 이어진다. 그런 날의 꿈은 구별이 어려울 만큼 현실의 모습을 꼭 닮아 있다. 생각보다 쉽게 혹은 어렵게, 때로는 딱 생각만큼만 나를 괴롭히다가 결국 잠에서 깨곤 했다.

친구와 말다툼으로 뒤척이던 밤, 나는 꿈속에서도 친구를 만났다. 물론 상황은 더 극적이다. 교실 뒤켠이나 화장실이 아니라 바람이 휘이 부는 드넓은 들판에서 하얀 망토를 펄럭인다든지, 원더우먼 복장으로 복면까지 쓰고 대련을 한다든지— 조금은 유치한 형태다.

꿈속의 나는 실재보다 더 치열하기도 하고 때때로 유순하기도 하다. 밤새 전쟁이라도 벌인 듯 가열차게 싸우다 깬 날은 흠씬 두드려 맞은 듯 온몸이 나른하다. 그러다 갸우뚱 생각에 잠긴다. 간밤에 진짜 격투를 했던 건 아닐까 하고.

백수시절 나는 하루걸러 하루 늘 시험 보는 꿈을 꿨다. 어디어디 소속의 누구누구라고 더 이상 불릴 수 없던 시절. 멋지게 '언론고시 준비생'이라는 이름표를 달고 있긴 했지만 어느 곳 하나 기댈 곳 없는 취업준비생일 뿐이었다.

그때 나를 가장 힘들게 했던 것은 '요즘 어떻게 지내?'라는 질문이었다. 상대는 단순히 인사를 건넨 것일 텐데 대체 뭐라고 답을 해야 하나 한참을 우물쭈물댔다. 불안하고 초조한 마음은 늘 내 안의 여유를 앗아갔다. 더 나은 내가 되기 위한 시간들이었음에도 당시에는 한걸음 한걸음이 그렇게 쓰디쓰기만 했다. 불안의 근원은 역시 '불확실성'. 모든 것이 자신 없었다.

'언론고시'라고도 불리던 방송사 입사는 사실 기적과도 같은 일이었다. 공중파 시험이 각 사마다 단 한 번씩만 있었고 뽑는 인원도 한 해에 열 명 안팎이었기 때문이다. 전국에서 10등 안에 들기. 그건 기적이라고밖에 설명할 수 없었다. 열심히 준비를 하다가도 그 생각만 하면 가슴이 먹먹해졌다. 먹먹한 가슴이야 부여잡고 어떻게든 달래본다지만 그러다가 머리까지 멍해질 때면 어릴 적 버릇처럼 공부고 뭐고 다 걷어치운 채, 그대로 자리에 누워버렸다.

물론 잠은 안 온다. 그러나 그렇게라도 현실을 잊고 싶었다. 한참을 뒤척이다 겨우 잠든 꿈속 세계는 늘 희극과 비극이 교차했다. 합격자

명단에서 이름을 확인하고 감격에 겨워 엉엉 울다 깼던 날, 이 모든
게 꿈인 걸 알고 억울해진 나는 현실에서도 그렇게 펑펑 울었다. 꿈처
럼 현실도 희극과 비극을 반복했다.

쓰고 차고 맵고…….
내 안의 감각이란 통각만 남은 듯한 나날들이 계속되던
2004년 캄캄했던 여름.

누구에게나,
그런 날

누구에게나 있다, 그런 날이.
바람이 불면 눈물이 주르륵 흐르던 날.
그저 바람이 불어 그러나 보다 했는데
해가 나도, 비가 와도
심지어 그 좋아하던 눈이 내려도
눈물이 그치지 않던 그런 날이.

우연히 길에서 만나 안녕하냐 안부를 묻는 이에게
'그저 그렇지요' 대답하곤 괜스레 가슴이 먹먹했던 날.
안녕한 일상이 무얼까, 혼자 울컥했던 그런 날이 있다.

잠 못 드는 어느 밤
두 눈은 분명 말똥말똥한데
미래란 것이 도무지 보이지 않아 앞이 캄캄했던,
그래서 차라리 두 눈 질끈 감아버린 그런 날이 있다.

고요한 하루가 적막해

친구들의 연락처를 뒤적이다가

얘는 바쁠 거야, 얘는 일하잖아, 얘는 데이트 중이겠지.

결국 그 누구에게도 전화를 걸지 못했던 그런 밤.

혹시나 하고 연락이 된 오래된 친구에게

'잘, 지내지?' 단 한마디.

그리곤 정말, 아무 말도 잇지 못했던 그런 밤.

그렇게 침묵 속에 내내 흐느끼기만 했던 밤이 누구에게나 있다.

아픔의 실체를 찾지 못하고 흐느끼다

결국 퉁퉁 부은 눈으로 맞은 아침.

"우리 딸, 밥 먹어야지."

내가 좋아하는 닭볶음을 했다는

상냥한 엄마 목소리에 가슴이 무너지던, 그런 날이 있다.

TV는 웃고

라디오는 노래하는데

남들은 다 미소 짓는 이 세상에

나만 홀로 객이 되어버린 것 같은 그런 날,

희극도 비극도 아닌 미지근한 하루에

뭔가 엉성하게 비틀거렸던,

그래서 머리가 많이 아팠던 그런 날.

사실은 마음이 아픈 건데
애꿎은 머리가 아프다며 두통약만 삼켜댄 그런 날이 있다.

방황은 생각보다 길었다.
그런 밤에는 잠도 이루지 못했고
어쩌다 잠에 들어도 악몽만 반복됐다.
그러다 날이 새면 만나는 사람마다 물었다.
"행복…… 하세요?"
그거 빌릴 수 있는 거면 나도 좀 줘요, 단 며칠만.
하지만 다들 그냥 그렇게 살더라는, 그렇고 그런 답변.
난 정말, 행복하지 않으면 살 수 없을 것 같은데,
넌 어떠냐는 물음에는 대답조차 못하고 쓸쓸히 웃어버린
그런 날들을, 2년 반 보냈다.

개미는 먹이를 찾을 때 이리저리 정처 없이 헤매다가
먹이를 찾아 집으로 돌아갈 때는
온 길을 그대로 되짚어가지 않고 직선 최단거리로 돌아간단다.
나의 방황의 끝도 그러했으면…….
이리저리 기웃대며 많이도 헤맸지만

돌아가는 길은 좀더 가깝고 쉬웠으면…….

방황의 끝자락에 아슬아슬 서 있던 어느 날,
깊은 눈을 가진 한 친구가 말했다.
"행복하냐고? 늘 행복하지는 않지. 하지만 적어도 오늘은 행복해지
려고 노력하는 하루였으면 좋겠어. 행복해서 사는 게 아니라 행복해
지려고 살아."

어느 날 누군가 그대에게
행복하시냐고 묻는다면
기억해 주세요.
그 사람, 지금 많이 힘든 겁니다.

그저 바람이 불어 눈물이 흐른 거라고,
눈을 감아 보이지 않았던 거라고
그가 어설픈 이유들로 애써 씩씩해 보이려 한다면
한 번쯤은 그 사람, 따스하게 안아주세요.
그대에게도 아픈 날이 있듯
그 사람도 오늘, 그렇게 아픈가 봅니다.

지구력

나는 지구력이 약하다. 학창시절 100미터 단거리 경주는 늘 1등이었는데, 오래달리기에서는 만점을 받은 일이 거의 없다. 단거리야 집에서 학교까지 학원에서 버스 정류장까지 늘 달리느라 자연히 연습이 되어 있었지만, 장거리는 1년에 한 번 체력장 때나 하는 연중행사였으니까 못해도 크게 문제는 없었다.

체력장의 마지막 코스. 그 종목은 반드시 마지막이어야 했다. 1500미터를 완주하고 나면 몸 구석구석에 얼얼하게 알이 배기 때문에 그 후론 사실상 아무것도 할 수가 없었기 때문이다. 온몸에 힘이 쭉 빠지고 머리는 어질어질, 목구멍에서는 피라도 나는 건지 알싸한 핏맛까지 났다. 그러나 그렇게 피 토하며 달려도 1등 도장 하나 없는 참 허무한 종목. 솔직히 난 그런 종목을 대체 왜 하는지 도무지 이해할 수가 없었다. 사회에 나가서는 당최 쓸 일이 없는 수학 미적분처럼— 기록을 위한 기록, 측정을 위한 측정, 활용도 제로의 부췌였다.

체육과 함께 늘 나를 고민에 빠뜨린 과목은 미술이었다. 수학이 '수'면 미술은 '미'. 늘 나의 평균점수를 깎아 먹는 얄미운 과목 중 하나였다. 크레파스화까지는 어떻게든 따라했는데 수채화가 늘 말썽이었다. 그래서 가끔 그리기가 아닌 과제가 주어지면 늘 쾌재를 부르곤 했다. 그중에서도 '판화'는 항상 땡큐였다. 몇천 원짜리 고무판에 뾰족한 조각칼을 대고 무슨 미켈란젤로라도 되는 양 심혈을 기울여 조각을 시작한다.

집중! 집중! 한순간 딴생각을 하면 뭐든 삐끗하게 마련. 그때 꼭 하는 실수는 음각을 양각화 하는 것이었다. 스케치가 되는 선을 남기고 나머지를 파는 양각은 음각보다 몇 배의 시간이 걸렸다. 그만큼 실수를 한번 하면 일이 상당히 복잡해졌다. 성격이 급한 나로서는 일단 '빨리' 끝내야 했기 때문에 항상 음각을 선호했다. 지구력 부족은 미술시간에도 여실히 드러났다.

"지애야, 제발 하나만 해!"

뭐든 벌여놓는 걸 좋아하는 딸을 보다 못한 엄마가 꾸중을 하신다. 엄마의 지론은 한결같다. 속담에도 '한 우물만 파라' 하지 않더냐고, 제발 끈기 있게 '하나만, 제대로' 하라고.

운동을 해야겠다더니 요가를 시작했다가 라틴댄스로 바꾸고, 요가댄스 몇 달 하더니 핫요가로 바꾸고. 이제는 헬스 좀 해보겠노라고 비싼 회원권을 끊어대는 변덕쟁이 딸내미. 울 엄마, 진짜 화날 만하다. 또 언젠가는 악기를 배우겠다며 피아노를 띵똥 대다가 이어서 플루트 깨작깨작, 그러다 하루는 비올라를 배워야겠다며 거금 들여 악기를 사다 나르더니 결국은 악기가 너무 무겁다고 바이올린으로 바꾼다.

울화가 치민 엄마, 보다 못해 한소리를 하신다.

"너! 그거 이번엔 언제까지 하나 보겠어!"

그러나 싱글거리는 딸 앞에서 여지없이 무너지는 엄마.

"에이~ 엄마, 그래도 아무것도 안 하는 것보다는 낫잖아."

적어도 레슨비는 절약할 테니 사실 아무것도 안 하는 게 더 나을 수도 있는 것인데, '한 가지에 집중해서 깊게 파고드는 것만큼 얕게 그러나 넓게 아는 것도 중요하다'며 잘난 척(?) 역설하는 딸의 말에 엄마는 또 한번 져주신다. 멋진 척 말하긴 했지만 솔직히 나의 증상은 끈기 박약이 분명하다. 역시나 지구력이 문제다.

그런 의미에서 가끔은 직업선택을 참 잘했다는 생각도 든다. 이름도 헷갈릴 만큼 다양한 사람들을 매일 만나고, 하루하루의 아이템이 프로그램마다 다르고, 무엇보다도 6개월마다 '개편'이라는 무서운 시험대가 펼쳐진다. 그러니 도통 지루할 틈이 없다. 그러나 그 안에서도 놀랍게 매너리즘이란 게 분명히 존재한다. 3개월, 6개월, 9개월 그리고 1년. 우리끼리는 369법칙이라 부르는 나른함을 경험하며 가끔은 보헤미안을 꿈꾸기도 한다. 그 어느 것도 영원한 내 것이 될 수는 없음을 생각하며 그렇게 늘 '놓을 준비'도 함께 하는 것이다.

결혼 몇 개월 만에 나의 증상을 간파한 남편이 불안한 듯 장난스레 묻는다.

"너, 그러다 나중에 나도 싫증나서 바꾸는 거 아니야?"

어허, 큰일 날 소릴! 지구력이 약하긴 하지만 의리가 있고, 무엇보다 약속 하나만큼은 확실히 지킨다고! 내가 봐도 참 구차한 변명으로 큰소리 뻥뻥 쳐놓고는 괜스레 스스로가 부끄러워진다. 끈기 있는 것만큼 믿음직스런 사람이 없는데 내가 가진 맹점이 얼마나 부실하고 허술한 것인지를, 머리 숙여 생각한다.

천성이라는 것은 쉽게 바뀌지 않는다고 하던데 노력하면 좀 좋아질까. 뭐든 완벽하게 익히는 데는 한계가 있는 법이니, 그냥 '끊임없이 도전하는 사람' 정도로 적당히 봐주면 안 되는 건가. 그래도 뭐 적어도, 끈기 있게 '살아가고'는 있는 거잖아. 가끔 욕도 먹고 가끔 일탈도 하면서 그렇게 뚜벅뚜벅 열심히 걷고 있는 거잖아.

지구력 있는 한 달은 아니지만, 지구력 있는 인생으로 좀 길게 보며 살고 싶다. 그럼 뭐라도 한두 개는 건져낼 수 있지 않을까 기대해 보면서.

그냥
나인 채로

대학시절 우리 교회엔 유달리 빛나는 미소를 가진 선배가 있었다. 그의 별명은 '백만 불짜리 미소의 사나이'였다. 그다지 친한 편은 아니어서 개인적인 얘기 몇 마디 나눠본 적 없지만, 그 작은 눈으로 한껏 짓는 미소가 인상적이라 별명 참 잘 지었다는 생각을 하곤 했다. 조용하고 진중한 모습으로 후배들의 유치한 고민 하나하나에까지 귀 기울여주는 참 따뜻한 선배.

그러나 그냥 '아는 오빠'일 뿐 누구도 애인으로 삼으려 하지는 않았던 그는 인간적으로 편안하고 좋은 사람이긴 했지만, 누가 봐도 미남이라 할 만한 사람은 아니었다. 작은 키에 검은 얼굴, 그리고 작은 눈. 하지만 그 모든 것이 조화를 이뤄 참 단단해 보였던 사람이었다.

그러던 어느 날 선배가 해외연수를 떠났다는 이야기를 들었다. 그리고 몇 년 후 다시 그 선배를 마주했을 때 나는 조금 실망을 했다. 선배의 트레이드마크인 작은 눈에, 짙은 쌍꺼풀이 생겼기 때문이었다.

"와, 오빠 더 멋있어졌네요?"

선배는 여전히 내게 미소를 지어주었지만 솔직히 그 미소는 백만 불에 살짝 미치지 못했다. 그러면서 한편으로는 안쓰러운 마음이 들었다. '이 선배, 늘 사람 좋게 웃어주긴 했지만 그동안 나름의 콤플렉스가 있었던 거구나.' 이를 극복하기 위해서는 꽤나 많은 용기가 필요했을 테니, 예전의 모습이 더 낫더라는 얘기는 차마 할 수가 없었다. 그러나 예전의 그 미소가 한동안 많이 그리웠다.

아나운서가 되기 전의 나는 평소 거의 화장을 하고 다니지 않았다. 워낙 꾸미는 걸 귀찮아하기도 했지만 감각이 없는 탓도 컸다. 어쩌다 마음먹고 볼터치까지 공들여 하고 간 날이면 친구들이 얼굴에 왜 포토샵 장난을 했느냐며 놀려대기 일쑤였다.

그러나 시험을 준비하면서 카메라를 통해 본 나의 모습은 가려야만 하는 결점들투성이였다. 그때부터 고민이 시작됐다. 이것들을 어떻게 다 커버할 것인가. 처진 눈매는 조금 더 라인을 길게 빼서 올려 그리고, 두툼한 입술은 파우더로 살짝 가리고, 동그란 얼굴에는 셰이딩을 짙게 하고……. 그중에서도 사람의 인상을 좌우하는 눈매의 화장은 더 많은 신경을 써야 했다. 알레르기 때문에 인조속눈썹을 붙일 수 없는 탓에 아이라인을 그리는 일은 항상 스트레스였다.

아나운서가 되고 난 후에도 그 고민은 여전했다. 어느 날 거울을 보며 조금이라도 아이라인을 더 올려 그리려던 내게 한 스타일리스트 언니가 말했다. "자기는 순해 보이는 그 눈매가 매력이야. 왜 그걸 자꾸 숨기려 해? 그냥 있는 그대로 그려봐."

그러나 사실 이 착한(?) 눈매는 나의 오랜 콤플렉스다. 아카데미에

다니던 시절, 한 강사로부터 성형을 권유받은 적도 있었다. 지금의 나 아닌 모습을 하면서까지 굳이 아나운서가 되고 싶진 않다고 의연하게 말하긴 했지만 솔직히 불안한 마음이 가시질 않아 전문가에게 상담까지 받았다. 원장님은 고개를 흔들며 이런 말을 해주셨다.

"지애 씨는 전체적으로 둥글둥글한 이미지인데, 그렇게 바꾸면 인상이 확 달라질 거예요. 사람의 얼굴은 균형미라는 게 있는 건데 내가 보기엔 안 하는 게 좋겠는데요."

성형외과 전문의도 만류하는데 별수 없지. 그렇게 그대로, 그냥 나인 채로 살기로 했다.

입사 4년차 무렵. 갑작스레 〈이야기쇼 樂(락)〉이라는 프로그램을 맡게 되었다. 한류스타들을 모시고, 그들의 삶과 이야기를 듣는 심야 토크쇼였다. 인터뷰어가 꿈이긴 했지만 준비 없이 너무나 빨리 찾아온 기회. 대본 외기조차 쉽지 않았던 어린 연차의 내가, 그것도 홀로 진행을 하기에는 다소 버거운 프로그램이었다.

매일 밤잠을 이루지 못할 만큼 걱정이 가득했다. 그러나 모든 위기는 곧 기회인 법. 나만 비밀을 지킨다면 두려움이란 건 누구에게도 들키지 않을 수 있었다.

당시 제작진이 원했던 것은 '섹시한 MC'였다. 그렇지만 심심하게 생긴 나는 어떻게 해도 그냥 '색시' 같은 아이. 메이크업 아티스트, 헤어디자이너, 스타일리스트까지 총동원되어 '섹시한 지애 만들기 프로젝트'에 들어갔다. 독하게 눈 화장을 하고, 유명배우가 입었다던 파워 숄더 드레스로 한껏 멋을 부리고……. 그러나 제작부장은 내내 고개를 절레절레 흔들었다.

몇 주간의 변신으로 지쳐버린 나는 밤새워 뒤척이다 녹화 당일 결연한 얼굴로 메이크업 담당 언니에게 말했다. "그냥 원래 하던 대로 해주세요. 정 마음에 안 들면 MC 바꾸라지 뭐." 그러나 그렇게 자포자기한 채 평소 모습 그대로 녹화장에 나타난 나를 보며 부장님은 그제야 미소를 지으셨다. "그래, 바로 이거야! 우리 MC 오늘 진짜 예쁘네." 에엥? 조금 허탈했다. 그러나 그때 알았다. 사람은 나다울 때 가장 아름답다는 것을.

주변을 둘러보면, 자신이 가진 것의 진짜 매력을 알지 못한 채 쉽게 바꿔버리려는 사람들을 많이 만난다. 그러나 그렇게 쉽게 버리지 않았으면 좋겠다. '~답다'는 말은 오랜 시간 그 모습을 한결같이 살아낸 사람에게만 붙일 수 있는 말이다. 외적인 것이든 내면의 문제든, 내가 나다워지기까지 우리는 지금껏 오랜 시간을 보내왔다.

세포 컨컨이 자리 잡은 '나다움'의 실체는 어쩌면 당장은 보이지 않을지 모른다. 그러나 그렇게 모르는 채 더 짙어지고 또렷해질 것이다. 그 모습이 덜 예쁠 수는 있다. 예쁘기보다 아름다워지기를……. 그냥 나인 채로 말이다.

오이밭에
오이

"오이밭에 오이는 날씬한 오이
이리 봐도 저리 봐도 날씬한데
둥글둥글 호박이 놀러 왔다가
나는 언제 예뻐지나 잉잉잉."

조카를 안고 언니와 함께 부르다가
무슨 이렇게 슬픈 동요가 있나
갑자기 짠해졌다.

넌 꿈이
뭐니?

내가 기억하는 나의 가장 어릴 적 꿈은 '간호사'였다. 하얀 가운에 사각모자를 머리에 얹고, 곱게 접은 하얀 양말과 함께 쿠션이 달린 하얀 신발을 신고 사뿐사뿐 걸어 다니는 모습이 어린 눈엔 퍽 예뻤나 보다. 저렇게 예쁜 간호사 언니가 주사를 놔주는데 시끄럽게 울어버리면 안 되겠구나 싶어 나는 철없던 꼬마 시절에도 아픈 주사를 잘 참았었다. '나도 저런 멋진 간호사가 되어야지.' 꼬부랑 글씨가 마구 적혀 있는 투명한 차트가 어찌나 근사했던지, 집에 있는 커다란 그림책을 겨드랑이 밑에 끼고 예행연습도 했었다.

키가 자라고 집보다는 밖에서 뛰어노는 시간이 많아지면서 나는 '배구 선수'를 꿈꿨다. 운동을 꽤 잘해서 동네 대항 이어달리기 대회를 하면 항상 마지막 주자로 역전의 신화를 써 내려갔고, 고무줄놀이에서도 항상 깍두기로 나서 줄을 밟아 죽은 친구들을 화려하게 부활시켜 주곤 했었다.

그러던 중 88서울올림픽 때였던가. 커다란 선수들이 훌쩍훌쩍 뛰면서 강 스파이크를 날리는 모습을 보며 '그래! 저거다!' 했다. 때로는 강하게, 때로는 부드럽게 네트 위로 공을 넘기는 우아한 움직임. 그리고 선수들의 긴 손가락에 붙은 정체 모를 하얀 테이프. 공으로 하는 종목들이 참 많았지만 유독 배구가 좋았던 이유는 몸싸움이 없다는 점이었다. 어린 눈으로 보기에도 꽤 평화로운 경기였다.

세상에는 다양한 직업이 있다는 것을 알아갈 무렵 나는 '군인'이 되고 싶었다. 도전 정신, 희생정신, 의리, 극기. 이제 더 이상 '어떤 모습'이 아니라, '어떤 가치'가 의미 있는지를 고민하게 되었다고 해야 할까. 소년 같았던 어린 시절 줄곧 반장을 맡았던 나는, 남학생들이 싸우는 한가운데를 비집고 들어가 싸움을 말리곤 했었다. 꽤 어릴 때였음에도 여자가 뛰어들어 말리는데 설마 나를 칠까 싶었나 보다. 결과는 늘 성공적이었다. 선생님 말씀 잘 듣는 모범생 반장이 아니라, 싸움 잘 말리는 정의로운 반장! 그건 나의 최고 자랑거리였다.

'그래. 예쁘게 꾸미고 가꾸는 것보다 이런 게 나한테는 더 잘 어울려.' 잘 말리는 만큼 제대로 싸울 줄도 아는 그런 의로운 군인이 되고 싶었다.

고등학생이 되어서야 꾸기 시작한 '대통령'의 꿈은 한마디로, 주책없었다. 철없는 시절, 남들이 부모님 취향에 맞춰 대충 내뱉는 꿈을, 나는 치마 교복을 입고 이야기하기 시작했다. 이유는 단순했다.

'우리나라를 이 위기에서 꼭 구해내야겠어요!'

당시는 IMF로 우리나라가 금융위기에 처했던 시절. 경제 과목 점수가 그다지 좋지 않은 학생이었음에도 불구하고 이대로는 안 되겠다 싶었나 보다. 최연소 여성 대통령이 되려면 어떻게 해야 하나 고민만 하다가, 대학생이 되어 좀더 넓은 세상에 나가게 되면서 '개인의 평화'를 위해 '국가의 평화'는 더 훌륭한 사람들이 맡아야 한다는 깨달음을 얻게 되었다. 대통령, 그건 절대 아무나 해서는 안 되는 일이니까.

"넌 꿈이 뭐니?"

앞으로 나의 삶에서 이 같은 질문을 몇 번이나 더 듣게 될까? 어릴 적 꿈 중에 '아나운서'도 분명 있었으니 어떤 측면에서는 이미 꿈을 이룬 것인데, 그 질문을 더 이상 받을 수 없게 될지 모른다는 생각을 하니 괜스레 서글퍼진다. '꿈＝직업'이었던 시절. 숱하게 많은 상상을 하며 그렇게 '꿈꿀 수 있다'는 것만으로도 우리 삶은 얼마나 행복했던가.

무얼 해도 어설펐던 그 시절에는 누워서도 자면서도 뛰다가도 걷다가도, 심지어 넘어져 엉엉 울면서도 우리는 꿈을 꿨다. 그로 인해 슬며시 미소 지을 수 있었던 순간들. 어린 날의 우리는 그 '순간' 때문에 고된 일상을 묵묵히 살아냈다.

살면서 가끔 일상에 지쳐 '꿈을 잃었고, 잊었고, 포기했다'는 사람들의 이야기를 듣는다. 하지만 내가 지금 '어떤 사람'이라는 것은 현재 나의 직업이나 위치만으로는 결정될 수 없다. 떨어진 벚꽃을 빗자루로 쓸어 '좋은 아침'이라는 글자를 만들어내던 경비원 아저씨, 승객들에게 취향별로 선곡을 해보라며 플레이리스트를 만들어 다니던 택시기사 아저씨, 식사 때를 한참 지나 찾아온 단 한 사람의 손님을 위해 가게 문을 연 채로 꾸벅꾸벅 졸던 식당 사장님. 어떤 이름이냐

보다 어떤 자세이냐가 그 사람을 빛나게 하는 경우가 분명, 더 많다.

그래서 나는 여전히 꿈을 꾼다. 아침에 만나면 온종일 기분이 좋아지는 햇살 같은 사람이기를. 누군가 실수를 해도 따스하게 품어줄 수 있는 넉넉한 사람이기를. 꿈꾸고 있는 사람을 존중하고 꿈을 이룬 사람을 인정할 수 있는 여유 있는 사람이기를. 안 되는 것을 받아들이고 될 만한 것에 최선을 다하는 성실한 사람이기를. 먼 미래 어느 날을 위한 꿈이 아니라, 그런 하루하루에 대한 꿈이 날마다 짙어진다.

'나는 이러이러한 사람으로 살고 싶다'는 하루하루의 꿈은 아마도 운명을 다하는 날까지 계속되는 것이리라. 설사 어릴 적 꿈꾸던 모습과 전혀 다른 삶일지라도 나의 하루는, 나의 오늘은, 여전히 '꿈꾸고 있는 시간'이었으면 좋겠다. 그것이 늘 행복이었고 삶의 이유였으니까. 자랑스럽게 준비해 뒀던 그 시절, 나의 꿈. 너무 늦었다는 핑계로 더 이상 쉽게 내려놓지 않기를. 우리의 미래는 '내일'도 계속될 테니까.

계획 없는
여행

　나는 타고난 '계획쟁이'다. 노트에 이것저것 빼곡히 적어 계획 세우는 것을 좋아한다. 그것을 지키는지, 그렇지 않은지는 그다지 중요하지 않다. 뭐든 부지런히 계획을 세우는 것, 그 자체만으로 스스로 꽤 괜찮은 인간(?)이 되어 있곤 하니까. 그만큼 나의 계획은 매우 구체적이다. 언제, 어디서, 얼마나, 어떤 방식으로. 노트를 가득 메운 계획 중 일부는 수정되기도 하고, 어떤 경우는 업그레이드가 되거나 아예 삭제되기도 했지만 적어도 이를 위해 한때 고민했고 노력했다는 흔적은 훗날 보물처럼 기억되곤 했다.

　입사 5년차 여름. 주7일 근무로 휴일도 없이 지냈다고 툴툴대던 내게 드디어 주말이 생겼다. 신이 났다. 무얼 하지? 만나야 할 친구들, 꼭 가봐야 할 여행지들, 온종일 잠도 자보고, 운동도 실컷 하고……. 머릿속에 근사한 계획들이 두둥실 떠다녔다. 상상만으로도 행복했다.

　설레는 첫 주말. 나는 친구와 등산을 계획했다. 햇살도 좋고 바람도 좋고 기분도 참 좋았다. 그런데 문제는 둘 다 등산에는 문외한이라는 것이었다. 체력도 저질이고 코스에도 무지하고. 한참을 망설이다 시작부터 무리하지 말자며 결국 산행을 포기해 버렸다. 그래도 무작정 가볼 걸 그랬나. 산 대신 찾아간 영화관에서 시간에 맞춰 마구 고른 영화는 너무나 우울한 내용이었고, 무거운 마음으로 먹은 비싼 소고기에는 결국 심하게 체해버렸다. 첫 주말, 실패였다.

조금 약이 오른 두 번째 주말. 지난주의 실패를 거울삼아 뭐든 '실행'해 보는 것을 목표로 하고 요즘 뜨고 있다는 부암동 산책을 계획했다. '난 코스 전혀 모르니까 네가 공부해 와.' 친구에게 엄한 숙제를 내주고는 무작정 출발! 그러나 이건 뭘까. 드문드문 레스토랑만 있을 뿐, 산동네 주택가를 거니는 느낌이었다. 공부한 거 맞느냐고 애꿎은 친구만 탓하고 결국 내가 잘 아는 유일한 동네, 여의도로 돌아와 늘 가던 식당에서 밥을 먹고 집으로 돌아왔다. 역시 실패였다.

오기가 생긴 세 번째 주말. 이번에는 좀 야심 찼다. 마침 친한 가수 동생이 야외공연을 한다기에 공짜표로 인심 쓰듯 친구들을 불러냈다. 그런데 어? 하늘이 이상하다. 아침부터 꾸물꾸물대다 오후가 되니 비가 세차게 내리기 시작했다. 겨우 도착한 공연장은 이미 주차장 만석. 뱅글뱅글 돌아 겨우 주차를 한 후, 버스를 타고 30분을 더 올라간 우리들은 우비를 입고, 벌벌 떨며, 서서 공연을 봤다. 한 세 곡쯤 들었을까. 이미 지쳐버린 우린 결국 고지대 공원에서 하산, 비를 쫄딱 맞고 식당으로 가야 했다. 허무하게 또 실패를 인정해야 했다.

역시나 놀 운명은 아닌 걸까. 왕년에 놀아본 사람들이 잘 논다더니 이쯤 되니 낙담이 됐다. 툴툴대며 지난 3주간의 실패를 털어놓으니 친한 선배, 재밌다는 듯 깔깔거리다가 조심스레 충고를 해준다.

"지애야, 놀 때 계획하는 사람이 어디 있어. 계획 없이 돌아다니다가 발길 닿는 카페에 들어가고, 마음에 드는 영화 보고 뭐 그러는 거지."

아, 이런! 계획쟁이의 휴일 계획에 차질이 생긴 이유가 너무 계획을 해서라니. 하지만 이쯤 되니 문제가 오히려 단순해졌다. '그래! 다음 휴일에는 계획을 세우지 말아보자.' 답도 역시 명쾌해졌다.

무작정 헤매기

마음을 비운 네 번째 주말. 무계획 여행의 행선지는 제주도였다. 지금까지의 어떤 주말보다 더 체계적인 계획이 필요한 곳. 그러나 숙소와 비행기 편만 잡아두고 나는 일부러 아무런 계획도 하지 않았다. '우리, 내일 가는 거 맞긴 맞아?' 동행하기로 한 친구는 평소와 다른 모습에 조금 당황한 듯 보였다. 렌터카도 준비 안 하고, 코스도 안 짜고, 심지어 준비물도 안 챙기고. 그런데 사실 그렇게 마음을 비울 수 있었던 것은 '놀 생각이 없어서'이기도 했다. '떠난다'는 느낌이 필요했을 뿐, 그곳이 어디냐는 중요하지 않았다.

그렇게 '마구' 떠난 여행. 한껏 가벼워져 도착한 제주는 그냥 평안했다. 사람이 평안해지면 눈빛부터 고와진다는데 고운 눈으로 보는 세상은 참 아름다웠다. 뚜벅뚜벅 공항을 나오다 보니 마침 렌터카 부스가 보여 달려가 신청을 했다.

친절한 직원들의 안내로 20분 만에 받은 차. 1월에 뽑은 내 신차보다 더 잘 나갔다. (물론 어디까지나 느낌이지만) 내비게이션을 켜니 안내하는 여자의 목소리는 또 어찌나 곱던지 '경로를 이탈했다' '속도가 빠르다'는 안내멘트도 소곤소곤 참 친절하게 들렸다. 무계획의 제주행. 왠지 느낌이 좋았다.

널찍한 제주 도로. 잘 정돈된 느낌이 꽤 산뜻하다. 시원하게 뻗은 도로 옆에 펼쳐진 아름다운 산, 곱디고운 바다 빛깔. 단지 떠나왔다는 느낌이 필요했던 내겐 '제주시'라고 쓰인 간판조차도 감동이었다.

계획이 없었으니 망칠 이유도 없다. 누군가는 길을 잃고 헤매봐야 진정한 여행을 한 거라 하지 않았던가. 이쯤 되니 나의 발걸음 하나하나 친절히(?) 읊어주는 내비게이션은 잠시 꺼둬도 좋겠다 싶다. 진정 마구 헤매보고 싶었기에, 직접 내 손으로 더듬어보고 싶었기에……

아름다운 자연에 정신이 팔려 한참을 달리다 보니 유난히 내 눈을 사로잡은 것이 있었다. 다름 아닌 '점멸등'이었다. 쾌청한 날씨 덕에 길게 뻗은 도로가 저 끝까지 모두 늘어서 보이는데, 차가 많지 않은 탓인지 그 많은 신호등이 주욱 깜빡깜빡. 아무것도 신호하지 않고 있었다. 신호 없는 신호등과 계획 없이 떠나온 계획쟁이. 오호라. 이번 여행의 그림이 대충 그려지기 시작했다.

"여행에 음악이 빠져서는 안 되겠지?"

센스 있는 친구는 내가 좋아하는 음악들만 모아 CD로 구워왔다. 그런데 야속하게도 오디오가 CD를 읽어내지 못한다. 신호 없는 신호등에 이어 소리 없는 오디오까지? 어쩔 수 없이 평소 운전 중에는 잘 듣지 않던 라디오를 틀어 주파수를 이리저리 돌려본다. 지지직대다가 조금씩 명료하게 들리기 시작하는 낯익은 목소리들.

'out of business.' 완전히 내게서 벗어나 있다는 느낌 때문일까. 제주에서는 무거운 시사 프로그램도 그렇게 재미있을 수가 없다. 그렇게 친구와 깔깔대며 한참을 달려 시골 마을의 조용한 갤러리에 다다랐다. 제주에서 꽤 유명한 사진작가의 개인 갤러리라는데 친한 언니가 제주에 가면 꼭 들르라기에 한 시간 가까이 달려 찾아간 곳이다. 정원으로 아기자기하게 꾸며진 자그마한 갤러리 입구의 짧은 문구가 마음을 사로잡는다. '이렇게 외진 곳까지 찾아와 주셔서 감사합니다.' 어쩜 친절하기도 하지. 입구에서부터 벌써 촉촉해진다.

갤러리에서 마음을 찍다

김영갑. 지난 2005년 근육이 점차 마비되는 루게릭 병으로 이 세상을 떠난 비운의 사진작가. 어느 날 그는 우연히 찾은 제주와 느닷없이 사랑에 빠져 그대로 눌러앉게 되었고 그렇게 평생 제주를 떠나지 못한 채 사진으로나마 짝사랑을 표현한 로맨티스트다.

"움직일 수 없게 되니까, 욕심을 부릴 수 없게 되니까 평화가 찾아왔다. 무거워진 카메라를 더 이상 들 수 없는 지금, 자연이 주는 메시지들을 다 받아들이지 못한 나는 여전히 짝사랑 중이다."

'짝사랑'이라는 절절함 때문이었을까. 그의 사진 속에는 멀리서 관조하는 듯한 외로움이 느껴진다. 적당한 거리를 둔 시선에서 묻어나는 간절함과 안타까움. 산에서, 바다에서, 바람 부는 언덕에서 그가 죽기 직전까지 온몸으로 보여준 제주의 뽀얀 속살 안에는 소름 끼치는 그리움이 담겨 있었다.

그리움이라는 이름으로 새겨진 짝사랑의 상처. 사랑이라는 이름으로 자행되는 상처들이 우리 삶에 얼마나 많던가. 이루어지지 않아 오히려 아름답게 남겨진 것들이 있음을, 우리는 아주 나중에야 깨닫게 될 것이다.

자그마한 뷰파인더로 보는 세상은 어떤 모습이었을까? 그 안에는 오롯이 그가 원하는 세상만 담겼을 테니 '나만의 취향'으로 담긴 그의 세상은 현실보다 훨씬 아름다웠을 것이다. 그렇게 그의 세상을 훔쳐보는 것만으로도 나는 좀더 행복해졌다. 행복이란 이렇듯 느닷없이 찾아와 어깨 위에 살포시 내려앉는 것. 빽빽하게 계획하지 않은 마음에도 너그러이 다가오는 선물 같은 것이다.

작은 갤러리를 둘러보는 데는 한 시간도 채 걸리지 않았다. 그러나 제주 전체를 둘러본 듯 뿌듯한 기분이다. 숙소로 돌아가는 길, 어쩐지 경적을 울리는 차들이 많지 않다. 점멸등에 신호가 없는 탓에 오히려 서로 양보하고 배려한다.

때론 '그래야 한다'는 관습이 우리를 더 옭아매는 것 같다. 그대로 두면 오히려 제자리를 찾아가는 것들이 우리 삶에는 생각보다 많다. 계획을 완전히 버린 여행에서 나는 마음속 구름 하나를 지웠다. 지워진 구름 사이로 여린 햇살이 비쳤다. 그렇게 조금씩 비가 그쳐 언젠가는 '그날 참 맑았어'라고 이야기하게 되겠지. 그래. 그 역시 계획하지 않으련다.

첫 번째 밤,
길을 잃다

저녁 8시 10분

회사를 출발했다.

천천히 집까지 걸어가

초등학교 운동장이라도 돌 생각이었지만

오늘은 집까지 가는 새로운 경로를 개척할 요량으로

모르는 길을 선택해 무작정 걸었다.

얼마나 걸었을까.

나의 계산대로라면 주유소를 둘러싸고 사거리가 나와야 하고

곧 경포호수로 통하는 길이 나와야 하는데 계속해서 내가 모르는,

다른 길이 나온다.

강일여고를 지나 막다른 골목에 이르렀다가

길도 좁고 사람도 없는 그런 길을 따라 또다시 한참을 걸었다.

아아,

길을 잃었구나.

강릉에서 두 발로는 걸어온 적이 없는 길.

그곳에서 어리둥절한 표정으로 이정표를 들여다본다.

그러나 이상하게도 두렵지 않다.

이제 정말 어른이 된 걸까.

길을 잃는 것 따위는 두렵지 않다.

내게는 언제든 연락을 할 수 있는 휴대전화가 있고,

한밤에도 투덜거리며 나와 줄 친구들이 있으며,

마음만 먹으면 서울까지도 갈 수 있는 차비씩이나(?) 있다. 괜찮다.

길을 잃었다는 문자메시지를 보내자,

친구들이 답을 한다.

실은 단체문자였음에도, 그들의 반응은 갖가지다.

깔깔거리며 얼른 택시를 잡아타라는 친구가 있는가 하면,

어떤 친구는 화들짝 놀라 전화를 하고,

또다른 친구는 친절히 길 안내를 해준다.

이러저러한 모양으로 손 내밀어주는 친구들이 고맙다.

한 시간쯤 걸었을 때에야 익숙한 풍경이 눈에 들어왔다.

짭조름한 바람이 부는 걸 보니, 경포 바닷가 근처다.

곧이어 이어지는 경포호수 조깅트랙,

여유를 찾아 바닷바람을 쐬러 나온 사람들,

그리고 저 멀리 우리 동네가 보인다.

조금씩 다리가 아파온다.

목적지가 뻔히 보이는데, 이제 손에 닿을 듯 가까이 보이는데,

그때부터 다리가 풀리기 시작했다.

발걸음은 점점 무거워지고, 발바닥은 뜨거워진다.

땀도 나고 목도 마르다.

경포호수 입구에 이르니 택시들이 보인다.

우유 한 팩을 사서 빨대로 빨아 마시며 잠시 생각에 잠긴다.

'그냥 끝까지 걸어가 볼까?'

분명히 지쳐 있는데, 쓸데없는 오기가 생긴다.

그래서 쉬지도 않고 다시 걷기 시작했다.

그때 들어선 곳은 좁은 벚꽃 산책로.

인적은 물론, 가로등도 듬성듬성 서 있는 한적한 곳이다.

택시가 오나 싶어 몇 번을 돌아보다가 이내 단념한다.

'에이, 그냥 걷자. 오늘은 걸어야 하나 보다.'

친구가 되어 준 MP3는 배터리가 다 되고,

고요 속에 '터덜터덜' 걸어 집에 도착한 시간은 10시 30분.

강릉의 반 토막은 걸은 것 같다.

'주몽 왕자님과의 약속에 늦어버렸군.'

무슨 짓을 한 건가 어이없이 웃다가 괜히 머쓱한 성취감이 든다.

그렇게

땀도 닦기 전,

침대에 쓰러져버렸다.

그리고 생각해 본다.

앞으로 걷게 될 나의 삶의 모습도 이와 비슷하지 않을까.

우연히 새로운 길에 들어설 테고,

때로는 길을 잃을 테고,

가끔은 이러저러한 친구들의 도움을 받을 테고,

때때로 후회하며 뒤도 돌아보겠지.

다시 길을 찾아 제자리로 돌아올 때까지 지치기도,

결국 못 견디고 택시를 잡아타기도 하겠지.

집에 돌아와 보니,

친구에게 문자메시지가 도착했다.

"잘 도착했어? 집은 제자리에 잘 있어?"

맞아.

결국 내가 돌아가야 할 집은 그 자리에 있을 테니,

땀 흘리며 걸었던 나의 2시간 20분은

충분히 가치가 있는 거야.

정말 2시간 20분이 될지,

돌고 돌아 20년 2개월이 될지는 걸어봐야 알 테지만,

결국 내가 돌아갈 곳은 그 자리에 그대로 있을 거야.

하지만 그렇게 목적지에 다다른 나는

양말을 벗으며 지금처럼 다짐할 것이다.

"다음번에는 반대편 길을 찾아봐야겠군."

오늘 밤은 왠지 꿈속에서도 자고 있는 나를 만나게 될 것 같다.

결국 아침에 되면 흔들어 깨우게 되겠지만 잠시 쉬는 것은 걷는 것
만큼이나 중요하니까, 오늘은 그대로 두어도 좋을 밤이 될 것 같다.

2006년 강릉에서

모르는 것을
모른다 말할 수 있는 용기

　요즘 한참 영문법 책을 뒤적인다. 온라인 어학강의를 몰아 듣는 중인데 나름 재미가 있다. 입사를 준비하며 지긋지긋하게 보았던 오래된 토익책. 아, 그렇게도 달달달 외우고 읊었던 내용임에도 다시 보니참 새롭다.

　살면서 무슨 공부를 이리 오래 할 일이 있을까. 요즘이야 시대가 좋아 한글도 떼지 못한 아이들이 '사과'는 곧 '애플(apple)'이라 배운다지만, 우리 때는(적어도 나는) 중학교에 들어가서야 알파벳을 배웠다. 대문자 소문자 구별하는 법, 단수 복수 구별하는 법, 과거시제와 현재시제를 비교하는 법…….

　오선지 닮은 노트에 꼬부랑 글씨를 적어가며 그제야 비로소 남의나라 언어를 배우기 시작했다. '쓰기'보다는 차라리 '그리기' 수준. 이런 그림들이 모여 어떻게 글씨가 되고 말이 되는지……. 사춘기 소녀는 남들보다 조금 늦게 멀미에 시달린다.

　초등학교 6학년 때였나? 한 친구가 요즘 배운 영어를 섞어 나에게자랑을 늘어놓았다.

"우리 삼촌은 나만의 호프(hope)야!"

호프? 내가 알고 있는 '호프'라는 단어는 아빠가 가끔 친구 만나러 간다 하셨던 '호프집'뿐인데⋯⋯. 걔네 삼촌이 술을 좋아하신다는 건지 뭔지, 삼촌이랑 단둘이 술이라도 마셨다는 건지 뭔지⋯⋯. 어리둥절한 나는 혼자만 얼굴이 벌게져서 어쩔 줄을 몰라 했다.

무시무시한 영어 스트레스 앞에서 그나마 가장 큰 용기가 되었던 것은 어쩌다 만난 외국친구의 이야기였다. "괜찮아. 넌 한국 사람이잖아. 한국 사람이 한국말 잘하면 됐지 뭐." 한국인이 한국말을 못하면 창피한 일이지만 외국어에 익숙지 않은 것은 당연하니, 조금 불편할지언정 부끄러울 일은 아니라는 것이었다. 그러나 한국에 사는 2, 30대라면 영어 스트레스에서 초연해지기란 쉬운 일이 아니다. 20대 때는 취업 때문에, 30대 때는 승진 때문에. 그렇게 10여 년을 토익책만 들춰보고 있는 이들이 대한민국에는 분명 적지 않다.

2003년 여름 시카고. 학교에서 준 장학금으로 잠깐 해외연수를 가게 되었다. 그동안 나름 공부를 열심히 했다고 생각했는데 지나가는 사람들의 이야기를 도대체 알아들을 수가 없었다. 미국이 인종의 전시장이라더니, 검은 피부의 사람들이 아랍어 같은 발음으로 영어를 한다. 스페인식 영어, 필리핀식 영어, 프랑스식 영어. 당시에 미국에서 처음 들었던 전설의 '본토 영어'는 아이러니하게도 한 나라의 말이 아니었다.

'아! 큰일 났다.' 발만 동동 구르고 있는데, 웬 남자가 다가왔다. 그때부터 난이도 최상의 듣기평가가 시작됐다. 15달러만 내면 리무진으로 호텔까지 데려다 주겠단다. 시작부터 이게 웬 횡재냐 하고 따라나섰던 우리 일행. 그러나 남자는 리무진 앞에 와서야 15달러가 아니라 50달러였다고 말을 바꾼다.

"Fifteen or fifty?"

중학교 1학년에 다 떼었다고 믿었던 숫자 읽는 법조차도 현지에서는 쉬운 일이 아니었다.

'참나, 믿을 놈이 하나 없군.'

우리는 지금까지도 그때 택시기사가 순진해 보이는 동양 학생들에게 사기를 친 것이라 믿고 있다. 설마 그걸 진짜 못 알아들은 거라면, 고학력 대한민국 여대생 체면이 말이 아닌 게 되니까. 아무튼 정신을 차리지 않고는 미아가 될 것이 분명했다.

그리고 몇 주 후, '미쿡'에 이제 꽤 적응했다고 자부한 우리는 주말에 용감하게도 '푸드 페스티벌'이 열리는 최고로 복잡한 시내 광장으로 나갔다. 진짜 적응을 한 건지, 무식해서 용감했던 건지는 아직도 미심쩍긴 하다. 어린 시절 교회에서 하던 '달란트 시장'에 온 느낌으로 이런저런 음식들을 구경하고 있는데, 키가 2미터는 충분히 넘어 보이는 흑인 남자가 내 코앞까지 와서 말을 붙인다.

"Taste good?"

워낙 껄렁하게 말을 붙이는 바람에 너무나 당황한 나는 아이스크림을 손에 꼭 쥔 채 그를 빤히 올려다보았다. 그에게 나는 땅꼬마 정도로 보였을 것 같다. 이어진 그의 질문.

"워쩌 넴?"

엥? 뭐라는 거야? 또다시 듣기평가 시작이다. 나는 배운 대로 정중하게 되물었다.

"Pardon?"

그러자 그가 피식 웃더니 역시나 껄렁대며 답한다.

"Oh, Is this your name? Your name is PARDON?"

'앤 또 뭐라는 거야? 무슨 미국 사람이 pardon도 모르나?' 아차, 그때 알았다. '이런, 내가 이름이 뭐냐는 질문도 못 알아들은 셈이로군.' 영어는 나를 참으로 겸손하게 만들었다.

2005년 여름. SBS의 아나운서 시험 4차 면접이었다. 세 사람이 들어갔는데, 내가 여자 1번이었다.

"한 분씩 자기소개 한번 해보세요."

당연히 나올 질문이라, 아나운서 지망생이라면 달달달 외우고 있을 필수사항. 그 순간 왜 그랬을까. 남들과 뭐라도 달라야 한다는 생각을 한 나는 다짜고짜 영어로 자기소개를 해도 되겠느냐고 물었다.

"영어로? 그럼 우리가 못 알아듣잖아. 뭐, 그냥 해보든지."

아차, 오버였구나 싶었지만, 이제 와 '아, 아니에요. 그냥 한국말로 할게요'라고 할 수도 없는 노릇. 준비했던 영어 자기소개를 줄줄줄 읊어냈다. 그러나 결과는 불합격. 넘치는 것은 언제나 모자람만 못했다.

그리고 그해 가을. MBC의 최종면접이 있던 날이었다. 역시 세 사람이 들어갔는데, 나의 입사지원서를 찬찬히 보던 심사위원이 픽 웃으면서 물었다.

"취미가 너무 작위적이잖아? 새우잠 자며 고래 꿈꾸기? 이게 뭐예요?"

뭣이라! 작위적이라고? 예상 질문 1번으로 멋진 답변까지 준비해둔 전략적인 항목이었는데 작위적이라니······.

"아 네. 취미라는 것은 여가에 따로 즐기는 것인데, 요즘 저의 취미는 아나운서라는 꿈을 이루기 위해 오로지 시간을 아껴 노력하는 것뿐이었습니다. 자는 시간까지 줄여가며 새우잠을 자면서 고래가 되는 큰 꿈을 품었다는 뜻으로 그렇게 적은 것입니다."

"그럼 그냥 취미가 공부라고 적으면 되는 거 아닌가? 이건 꾸며도 너무 꾸몄네."

잔머리를 많이 쓰면 망한다더니, 심혈을 다했던 그 면접에서도 나는 똑 떨어지고 말았다.

역시 새우는 고래가 될 수 없는 것인가. 자포자기의 심정으로, '안 되면 말자'를 외치며 들어간 KBS의 최종면접. 이번엔 세 사람이 아니라, 나 홀로 면접이다. 성형했느냐, 요즘 친구 중에 제일 잘 나가는 사람이 뭐하는 사람이냐, 학점이 좋은 편인데 혹시 친구가 없는 건 아니냐, 인생에서 가장 절망적인 일이 뭐였느냐 등등 전혀 예상하지 못했던 질문들이 20여 분 쏟아져 나왔다.

마음을 비운 탓일까. 오히려 편안한 마음으로 이것저것 곧잘 답변을 했는데, 그때 사장님이 난데없이 주문을 했다.

"인터뷰어가 되고 싶다고 했는데, 내가 박근혜 대표라고 생각하고 질문 세 가지만 해봐요."

'오오, 드디어 최종면접다운 질문이 나오는군.'

당시 시험을 준비하며 뉴스와 신문을 끼고 살았던 나는 평소 알고 있던 지식을 총동원하여 세 가지 질문을 만들어냈다. 그런데 사장님은 도리어 실망하신 눈치였다.

"뭐야? 준비한 답변이네? 그럼 준비 못한 걸로 물어야지. 이번엔 내가 이승엽 선수라고 생각하고 질문 세 가지!"

아, 이제부터가 시련의 시작이로구나. 스포츠에 관한 한 문외한인 내게 스포츠 선수에 대한 질문이라니. 승점, 타율 이런 거야 당연히 알 리가 없고, 그때 내가 알고 있던 것이라곤 최근 이승엽 선수가 둘째아이를 얻었다는 소식뿐이었다. 그 아이가 아들이었던가, 딸이었던가 역시 가물가물. 억지스레 머릿속으로 세 질문을 만들어내던 나는 '에라 모르겠다' 하며 답했다.

"사장님, 저는 정말 훌륭한 인터뷰어가 되고 싶습니다. 진정한 인터뷰어는 인터뷰이에 관해 충분한 관심과 시간을 가지고 사전정보를 모두 숙지한 상태에서 인터뷰에 임해야 한다고 생각합니다. 하지만 아쉽게도 지금 저는 이승엽 선수에 관한 정보가 거의 없는 상태입니다. 따라서 인터뷰를 진행하기가 어렵겠네요."

쉽게 말해 '난 모르겠소'라는 말이었다. 그런데 이게 웬일일까. 앞에 있던 심사위원들이 흐뭇한 미소를 지으며 고개를 끄덕였다. 그리고 며칠 후 드디어, 꿈에도 그리던 최종합격 통보를 받게 되었다.

합격 이후, 각 사 아나운서가 모두 모이는 연말 모임 장소에서 SBS의 한 선배를 만나게 되었다. 나를 알아보신 그분이 대뜸 그러셨다.

"우리 회사에도 시험 보러 왔었지? 4차에서 영어로 자기소개했던? 그때 왜 그랬어? 본인도 알지? 좀 오버였어. 그것만 아니면 점수 꽤 괜찮았는데."

모르는 것을 모른다 말하는 것은 아는 것을 아는 척하는 것만큼이나 용기가 필요한 일이다. 그래서 가끔은 어설픈 아는 척보다 더 아름다워 보이기도 한다. 그것은 솔직함이며 당당함이고, 사람을 빛나게 하는 여유로움이다. 억지로 꾸미지 않아도, 애써 머리를 굴리지 않아도, 아직 젊기에, 아직 더 알아갈 수 있는 시간이 있기에 그것은 흉이 되지 않는다.

입사 7년차의 나는 여전히 영어공부를 한다. 그러나 이제는 목적이 다르다. 어딘가에 합격하기 위해서가 아니라 내가 좋아하는 영화를 자막 없이 보고 싶고, 여행을 가서 내가 궁금한 것들을 직접 묻고 싶고, 내가 원할 때 내게 필요한 정보를 좀더 정확히 이해하고 싶어서다. 그 모든 과정이 참 즐겁다.

여전히 모르는 것이 많아 아직도 채워갈 수 있는 부분이 많다는 사실, 바로 그 사실이 오늘의 나를 열정적으로 살아가게 한다.

明鏡止水

내게 없는 것을
있다 하지 않으며
내게 있는 것을
과장하지 않는다.

통찰력
—주춤주춤 굽어보기

멋쟁이 그녀의 화장대는 뭔가 복잡했다. 비슷비슷해 보이는 화장품들이 아무렇게나 널브러져 있었다. 휘둥그레진 나는 이것저것 구경을 시작했다.

"나 이 립글로스 좀 써봐도 돼?"

아무거나 눈에 들어오는 대로 골라 바로 입술에 가져다 댔다. 그런데 이게 웬걸? 앗, 이건 립글로스가 아니다. 립글로스 흉내를 낸 매니큐어. 길쭉하고 날렵한 모양 하며 핑크색 고운 색상 하며 겉모양은 영락없는 립글로스인데……. 속았다.

친구에게 들킬까 봐 찝찔한 맛에 투덜대지도 못하고 휴지로 얼른 입술을 쓱쓱 닦았다. 문질러 닦은 손가락의 압력과 진분홍 매니큐어의 잔상이 뒤섞여 입술 주위가 빠알갛게 부풀어 올랐다. 그때 내내 숨어서 지켜보던 친구가 킥킥대며 말한다.

"하하, 넌 매니큐어를 입술에 발랐냐? 난 립글로스를 손톱에 발랐다!"

비슷해 보이지만 전혀 같지 않은 것들, 역할을 갖되 형식은 다른 것들. 분명 여성의 아름다움을 위해 태어났건만 화장대 위 수많은 화장품은 모두 그 기능과 활용법들이 제각각이다. 마스카라, 아이라이너, 아이섀도, 컨실러…… 스무 살이 되어 처음 화장법을 배우던 날, 나는 마치 화장대 위에 영어 단어장을 펼친 느낌이었다. 그러니 30여 년 세월, 여전히 엄마의 화장대를 낯설어하시는 아빠 기분을 알 것도 같다.

"뭐, 아무래도 꼼꼼한 딥 클렌징이죠."

곱디고운 40대 여배우에게 피부 관리의 노하우를 물으니 딱 한마디로 대답한다. 아, 얄미워라! 나도 분명 2중, 3중 세안을 하건만 윤기가 아닌 기름기가 흐르는 이 피부를 어떻게 설명할까.

그래서 방식을 좀 바꿔보기로 했다. 클렌징 오일로 문지르고, 클렌징 폼으로 닦아내기. 좀더 섬세하게 피부를 켜켜이 벗겨 내리라! 그래서 새로 산 클렌징 오일. 아무래도 미끌미끌하니 사용하기 쉽게 클렌징 폼으로 썼던 병에 옮겨 담았다. 그런데 이게 웬걸? 아무리 흔들어도 오일과 폼이 쉽사리 섞이지 않는다. 거품 위에 동동 떠다니는 오일.

아! 그때 알았다. 화장을 지운다는 같은 역할을 한다 해도 각각은 전혀 다른 성분이거나 전혀 다른 형태일 수 있다는 것. 그러니 클렌징 오일로 닦을 수 있는 것과 클렌징 폼으로 닦여지는 것은 전혀 다를 수 있다는 것이다.

두 살 터울의 언니와 나는 어릴 적부터 쌍둥이로 불렸다. 생김생김이 워낙 닮기도 했지만 엄마의 타고난 패션 감각 덕에 우린 같은 디자인의 옷을 나란히 입고 다니는 일이 많았다. 언니는 분홍, 나는 노랑. 꽃무늬 잠옷도, 점박이 원피스도 우리는 늘 세트였다. 그러나 학창시절을 지나면서 우린 참 많이 달라졌다. 천생 여자인 언니는 여중, 여고를 다녔지만 선머슴 같은 나는 초·중·고등학교를 모두 남녀공학 합반을 다녔다. 그렇게 자라 대학생 즈음 되니, 같이 다녀도 이젠 우리 둘이 자매인 걸 잘 모른다.

"뭐? 미지랑 너랑 자매라고? 정말? 언니 산소 먹고 자랄 때 너는 진흙 먹고 자란 거 아냐? 둘이 어째 이리 달라?"

몇 년간 우리 둘 모두를 알고 지낸 한 선배는 두 사람이 자매인 줄은 꿈에도 몰랐다며 꽤 오랫동안 억울해했다.

같다고 믿었지만 달랐던 것들, 다른 줄 알았는데 사실은 같은 것들. 사실은 내가 믿고 싶은 대로 생각했을 뿐 처음부터 잘못된 것은 아무것도 없었던 건데, 뭔가 억울하고 자꾸만 배신감이 드는 이 마음은 뭘까.

다르다는 것이 틀린 것은 아닐진대 우리는 그 간극을 너무도 인지하지 못한 채 살아온 듯하다. 설탕인 줄 알고 커피에 넣어버린 소금, 오징어튀김인 줄 알고 덥석 물어버린 인삼튀김, 김빠진 콜라인 줄 알고 벌컥벌컥 들이켠 간장. 뭐 이 정도쯤이야 조금씩 찡그리고 나면 그만인 그런 것들이었지만 앞으로의 삶, 몰라서 혹은 헷갈려서 놓치는 것들이 늘어나면 어쩌나 걱정이 든다. 밖으로 보이는 것을 구별해 내는 것에도 이토록 미숙한데 어떻게 해야 보이지 않는 인생의 관계들을 굽어보며 살 수 있을까. 나이 서른에도 한 발짝 나아가는 데는 늘 주춤거린다. 겁이 많아서일까, 통찰력이 부족해서일까.

자세히 들여다봐야 아름다운 것이 있다.
세 발짝쯤 떨어져 봐야 아름다운 것이 있다.

그리고 때로는
눈을 꼬옥 감고 봐야만 아름다운 것이 있다.

그 대상이 무엇이냐는 중요하지 않다.

다만
감았다 떴다
그 간격을 조정하는 일이
조금 버거울 따름.

직관

세 시간째 하품 중입니다.

하도 하품을 해대서 눈물까지 그렁그렁한데

복잡해진 머릿속에 한 가지 의문이 생깁니다.

'내가 지금 하품을 하면 나는 지금 졸린 건가?'

하아암~ 벌써 세 시간째,

대체 이 하품의 정체는 무엇일까요?

언니와 쇼핑을 했습니다.

검정 원피스가 마음에 들어 쇼핑몰 거울에 비춰봅니다.

'오우! 검은색이라 역시 슬림해 보이는군!'

냉큼 구입해 와서는 내 방 거울 앞에 다시 서봅니다.

그런데 이상합니다. 거울이 거짓말을 하는군요.

당최 모르겠습니다.

거짓말을 하는 건 쇼핑몰 거울일까요, 아니면 내 방 거울일까요?

어릴 적 담임선생님은 다 잘되라고 때리는 거라 했고
예쁜 간호사 언니는 아프지 말라고 주사를 놓는 거라 했죠.
그리고 그때 그 사람은 진정 사랑해서 떠나는 거라 했습니다.
하지만 그 모든 건 내게
그냥, 아팠습니다.

과연 '현상'이라는 것이 '현실'을 대변할 수 있을까요.
그렇다면 우리는
이 세상, 어디까지를 믿어야 할까요.
이렇게 두 눈으로 보고 있음에도
어느 순간부턴가 삶에 대한 확신이 생기지 않습니다.
눈을 감아야만 비로소 보이는 진실.
어쩌죠?
눈을 질끈 감아버리는 일들이
점점 늘어만 갑니다.

나잇값

―꼬마는 늘 어른이고 싶다

"꼬마야 안녕? 참 예쁘게도 생겼네."

하얀 소프트아이스크림을 입에 문 꼬마 숙녀, 갑자기 뾰로통해진다.

"나 꼬마 아니에요. 내년이면 학교도 가는데!"

꼬마는 늘 어른이고 싶다. 그래서 가끔 엄마 립스틱도 훔쳐 바르고, 몰래 이모의 뾰족구두도 신어본다. 어릴 적엔 왜 그리도 어른이 되고 싶었던 건지, 언젠가부터 꼬마는 '꼬마'라는 유치한 이름 대신 스스로를 '어른'이라 불렀다. 그러나 시간이 흘러 주민등록증을 받고 투표권을 얻고 막상 진짜 성인이 된 꼬마는 그제야 안다. 진짜 어른은 나이가 찬다고 되는 것이 아님을.

달달한 초콜릿이 더 이상 달지 않다 느껴졌을 즈음. 나는 내가 어른이 되었다고 생각했다. 어릴 땐 하루에도 몇 개씩 가슴에 품었다 녹여 먹었고, 색색별로 종류별로 골라 먹기도 했는데, 어느 순간 입에 물리고 심지어 쓴맛이 났다. '아, 내가 다 컸구나.' 손가락에, 입술에 초콜릿을 묻혀가며 쪽쪽 빨아대는 아이들이 유치하게 느껴지기 시작했다.

대학에 들어와 운전면허를 딴 순간, 나는 내가 어른이 되었다고 생각했다. 제대로 운전을 하기 시작한 건 그로부터 몇 년 후이긴 하지만 국가자격증을 주머니에 꽂고 한 손으로 핸들을 돌리며 내비게이션에 행선지를 찍을 때의 그 쾌감이란 이루 말할 수 없었다. 더 이상 쭈뼛거리며 동전을 찾을 필요도 없고 발을 동동 구르며 도로에서 버스를 기다릴 필요도 없고 바다를 보고 싶으면 당장에라도 바다를 보러 갈 수 있게 되었을 때, 나는 내가 어른이 되었다 느꼈다.

'넌 꿈이 뭐니?' 더 이상 아무도 꿈에 대해 묻지 않게 되었을 때, 나는 어른이 되었음을 깨달았다. '넌 뭐가 되고 싶니?' 어릴 적에는 어딜 가나 들었던 질문. 이름과 나이를 소개해야 하는 자리라면 응당 뒤따라오던 질문. 그런데 어느 순간부터 아무도 내게 그런 질문을 하지 않았다. 이미 꿈을 이뤘다고 생각하는 사람도 있었고, 더 이상의 꿈을 꾸기에는 조금 늦었다 생각하는 사람도 있었다. 그렇게 나는, 정말 어른이 되었다 생각했다.

세상에 노력 없이 되는 일이 어디 있을까. 그러나 노력 없이 되는 일, 딱 하나 있다. 바로, 나이를 먹는 일. 어릴 적엔 그토록 간절히 원했건만, 막상 어른이 되어서는 굳이 마다하고 싶은 일이 되어버렸다. 어느 TV 광고에선가 '나이는 숫자에 불과하다'는 문구가 인기를 끈 적이 있다. 열정적으로 사는 데 있어 많은 나이는 걸림돌이 되지 않는다는 내용의 광고였다.

그러나 반대로 나이를 먹었다 해서 모두가 어른이 되는 것은 아닌 것 같다. 인격은 나이에 비례하지 않으며 오래 살았다 해서 세상 살기가 편해지는 것은 아니다. 나이가, 그 살아온 세월이, 단순히 숫자에 불과한 사람도 있다는 의미다.

어릴 적엔 어른이 되면 자연히 실수도 줄어들고 손바닥 맞을 일도 없을 줄 알았다. 하지만 어른들이 혼나지 않는 이유는 더 이상 실수를 하지 않기 때문이 아니다. 혼낸다 해서 딱히 바뀌지 않을 거라는 무관심과 자포자기. 그로 인해, 누군가에게 혼나기 전에 퇴출이 되고, 손바닥을 맞는 대신 인사고과가 엉망이 된다. 더 무섭고 더 차가워진 세상. 가끔은 맴매를 맞고 얼얼해진 손바닥을 비비던 그 온기가 눈물 나게 그리워진다.

어른.

표준국어대사전에는 '다 자란 사람. 또는 다 자라서 자기 일에 책임을 질 수 있는 사람. 한 집안이나 마을 따위의 집단에서 나이가 많고 경륜이 많아 존경을 받는 사람'이라 정의하고 있다. 어떤 일에 책임지고 누군가에게 존경받는 일. 결국 집안 어른이 되는 일은 쉽지가 않은 것이다.

"실례지만 나이가 어떻게 되세요?"

나이를 말하는 일이 불편해질 수도 있다는 사실을 어릴 적엔 상상조차 해본 적이 없다. 말 그대로 이 질문이 누군가에겐 '실례'일 수 있는 이유! 그것은 뒤따라오는 질문 탓일 게다.

"생각보다 나이가 많으시네요? 그럼 결혼은 하셨어요? 결혼이 좀

늦으셨네요? 왜요? 일부러 안 하시는 건가요? 직장생활은 몇 년차세요? 승진할 때 되셨겠는데요? 연봉은 얼마나 되나요?"

　나이에 따라 부과되는 사회적 기대수준. 나의 목표나 지향점과 상관없이, 그저 그즈음에는 이뤘어야 하는 '나잇값'을 하는 일. 나이에 맞게, 어른이 되어 살아가는 일은 정말이지 날이 갈수록 어려워진다. 어느새 완전히 내 것이 되어버린 립스틱과 뾰족구두. 분명 내 것인데도 자꾸 휘청대며 넘어질 듯 위태롭다. 꼬마는 언제쯤 진짜 어른이 될 수 있을까.

나는, 점점

맨투맨 티셔츠에 헐렁한 면바지.
대학 때 나는
항상 그런 차림이었는데,
요즘은 옷장을 아무리 뒤져봐도
그런 옷들을 찾을 수가 없다.

변한 게 없다고 생각했는데
지난 10년 간
참 많은 게 변했나 보다.

나는 점점
어떤 사람이 되어가는 걸까.

퐁당
둘

매일, 하루, 오늘

열정의 잔해는 행복의 부스러기

마음을 주었던 이들에 대한 미안함. 투자했던 시간에 대한 배신감 그리고 참으로 오랜만에 느낀
도전에 대한 실패감. 그러나 그 또한 참 다행이다. 실패할 도전거리가 아직 인생에 있다는 것. 눈
물을 쏟을 만큼 정성을 들일 대상이 있다는 것. 그것이 얼마나 가슴 뛰는 일인가. 오랜만에 흘린
나의 눈물은 여전히 내가 살아 있다는 증거, 그 이상이었다.

내게,
이 길이 맞는 걸까

　신입시절, 내게 다가온 세상은 나의 시야보다 훨씬 넓었다. 면바지에 운동화만 신고 다니던 아이가 또각또각 구두로 갈아 신고, 등교가 아닌 출근을 하는 일. 꿈속을 거니는 듯 휘청거리는 걸음걸이는 어색하고 불안하기만 했다. 늘 떡볶이 집만 가던 아이가 하루아침에 고급 레스토랑에 드나드는 기분이었다 할까. 어묵에 파나 꽂아 집어먹던 포크로 스테이크를 꾸욱 찔러 집을 때의 그 낯선 흥분이란! 그건 설레기도 했지만 소화가 안 될 만큼 어질어질한 일이었다.

　그런데 이 모든 불안은 나의 기질 탓이기도 하다. 새로운 것에 대한 울렁증은 유아원에서 유치원으로, 유치원에서 초등학교로 옮길 때마다 반복되던 태생적인 약점이었다.

　그도 그럴 것이 난 참 심심하게 살아온 사람이다. 그동안 살아온 행동의 반경이라 해봐야 고작 학교-집-학교-집-가끔 교회. 만나는 사람, 전화번호부에 적힌 인맥의 스펙트럼 또한 매우 단조로웠다. 모두들 밀레니엄 시대 지구촌을 얘기했지만 눈앞에 보이는 세상은 현관에서 버스정거장까지가 전부. 듣는 이야기라곤 그간의 상식을 벗어나지 않는 유치한 수준의 것이었다. 밤새워 뒤척일 만큼 괴로운 고민이 있다 해도 그것은 이튿날 엄마 아빠와 상의하면 이내 쉽게 해결되는 단순한 문제들. 그만큼 나의 세상은 정말이지 참으로 작았다.

그러나 작았을지언정 좁다고 느낀 적은 단 한 번도 없었다. 사람은 누구나 경험한 만큼, 딱 그만큼만 생각하고 판단하는 법. 흔히 '너 여기 안 오면 후회해'라고 하지만, 사실 안 간 사람이 무슨 수로 후회를 하겠나. 가지 않았으니 경험할 수 없고, 경험하지 않은 일에는 후회할 단서조차 남지 않게 마련이니 누군가 구체적으로 일깨워주지 않는 한 자신의 자리를 명확히 검증하기란 쉬운 일이 아니다.

세상 물정을 모르는 사람더러 '우물 안 개구리'라고 하는데 벗어나 보지 않고서야 개구리가 무슨 수로 우물을 좁다고 느낄 수 있겠는가. 앞이 캄캄해 큰 소리로 울어대면 벽에 부딪혀 돌아오는 메아리 정도로나 우물의 크기를 가늠하지 않았을까? '아, 이렇게 쩌렁쩌렁 울리는 걸 보니 여긴 꽤 큰 곳이구나' 하고. 개구리에게처럼 나의 세상도 그러했다.

처음 '아나운서'라는 이름을 달고 세상에 나왔을 때 나는 참 많이도 울었다. 공산품은 출시될 때부터 완제품으로 뚝딱 잘도 나오건만, 20년 이상 숙성·제조된 나는 뭘 해도 불안하고 부자연스러웠다. 물론 '신입'이라는 이름은 많은 것을 용서했다. 대학에서 최고참으로 졸업을 했음에도 사회에서는 다시 꼬마. '얘는 아직 어리니까. 아직 뭘 모르니까' 하는 선배 대변인들은 늘 내 편이 돼주었다.

그러나 연차가 쌓이고 수많은 시행착오를 거쳐 심지어 상까지 받았음에도 나는 늘 스스로가 불안하고 부끄럽기만 했다. 분명 가진 것보다 많은 사랑을 받았고 의외의 장면에서 박수를 받기도 했지만 그것은 언제나 내 것이 아닌 듯 느껴졌다. 결핍을 느낀다는 것은 발전의 가능성이 열려 있는 것이리라.

그러나 그 방향이 전혀 보이지 않을 때는, '과연 이 길이 맞기는 한 걸까?' 운명처럼 걸어온 길을 의심하곤 했다. 그 까닭을 깨닫는 데 참으로 오랜 시간이 걸렸다. 직장생활 7년차, 이제야 조금은 알 것 같다. 그 이유, 나는 지나치게 '범생이'였다.

중학교 2학년 때였다. 학기 초 가까워지기 시작한 친구들이 그야말로 조금 노는(?) 아이들이었다. 교복 치마도 미니로 접어 입고 맥주나 과산화수소로 머리도 물들이던 일명 날라리라 불리던 아이들. 여태까지 친했던 친구들은 모두 모범생들이었는데 그중엔 걔들 조심하라고 귀띔해주는 아이들까지 있었다. '참 내, 왜 내가 물들 거라고 생각하지? 반대로 내가 좋은 물을 들여줄 수도 있는 거 아니야?'

그러던 어느 날 친구들이 방과 후 모두 남으라고 했다. 진실게임을 할 거라고. '진실게임? 그게 뭐지?' 했던 나는 교실에 둘러앉아 궁금하지도 않은 그들의 진실들을 들으며 내내 불편한 마음이 들었다.

평소 담임선생님 종례만 끝나면 곧장 집으로 갔던 내가 그날은 저녁 6시가 되어서야 학교를 나섰다. 뭔가 크게 나쁜 짓을 했다는 생각이 들어 엉엉 울면서 말이다. 그렇다고 진실게임에서 대단한 사건이 있었느냐. 그것도 아니다. 둘러앉아 서로 좋아하는 남학생 얘기를 했고 기억도 안 나는 벌칙을 주고받으며 시간을 보냈다. 깔깔대며 미운 친구 뒷담화도 하고, 사랑 고백 후일담도 나누고. 그런데 나는 그게 참 재미가 없었다.

요즘도 중·고등학생들의 비속어 사용이 문제가 되고 있는데, 아마 우리 때가 그 태동이 아니었나 싶다. 욕 잘하는 애들은 소위 잘 나가는 애였고, 화통하고 매력적인 아이로까지 인식되며 그들의 욕이 또래들 사이에선 유행어 이상의 파급력을 지녔다. 그래서 '나도 한번 해볼까?' 하고 던진 욕이 '걔 진짜 재수 없어'였는데, 그마저도 '야, 너도 욕을 해? 어색하니까 넌 그냥 욕 같은 거 하지 마. 안 어울려'라는 충고만 돌아왔다.

그럼, 재수가 없는데 상당히 없다는 표현을 어떻게 매력적으로 할 수 있을까? 사춘기 시절 나의 고민이었다. 당시 좀 논다는 애들의 전형은 입에 착착 붙는 욕지거리 실력. 그러나 나는 어떻게 해도 도무지 날라리가 될 수 없는 아이였다.

교양, 예능, 다큐멘터리, 뉴스. 방송에 참 여러 분야가 있다. 전혀 다른 분야인 듯하지만 거시적으로 볼 때 이들은 크게 다르지 않다. 그 안에는 모두 '사람'이 있다. 조금씩 다른 방식으로 사람 사는 이야기를 전한다. 교양은 조금 따뜻하게, 예능은 좀더 재미있게, 다큐멘터리는 다소 진지하게, 뉴스는 보다 사실적으로. 그만큼 그 이야기를 전달하는 사람들은 그 방식에 '특화'되어 있거나 '전형적'일 필요가 있다.

그런 사람들을 우리는 직종으로 구분하곤 한다. 아나운서, 기자,

PD, 그리고 기타 예능인. 그중 아나운서는 이 분야 전체를 아우를 만큼 활동의 범위가 넓다.

그런데 이 직업을 가지고 있는 나란 사람의 문제는 절대적인 경험이 부족하다는 것이었다. 쉽게 말해 놀아보질 않았다. 대학 시절에도 소개팅은 물론 미팅조차 해보질 않았고, 지금껏 나이트클럽은 근처에도 가보지 않았으며, 엄마 몰래 친구들과 여행을 가본 경험도, 방 벽에 연예인의 브로마이드를 붙여본 기억도 없다. 하다못해 좋아하는 가수의 공연장에 가서 줄을 서본 적도 없었다. 그리고 솔직히 연예인을 사무치게 좋아해 본 적도 없었다. 아빠 그때 그러셨다.

"누군가에게 환호하는 사람보다는 많은 사람에게 환호받는 그런 사람이 되렴."

끄덕끄덕. 모범생이었던 나에겐 참 멋진 말로 들렸다. 그러나 누군가를 향해 환호해 보지 않고서는 나 역시도 환호받을 수 없다는 것을 뒤늦게 깨달았다.

놀아본 사람은 확실히 방송을 잘한다. 술 좀 마신다는 사람 치고 성격 안 좋은 사람 없고, 그 좋은 성격은 고스란히 방송에 드러나 시청자들을 웃기고 울린다.

그들이 울고 웃는 이유는 단순하다. 그게 그냥, 나의 이야기이기 때문이다. 술에 취해 길에서 실수했던 이야기에, 지나가는 여인에게 대책 없이 들이댔던 이야기에, 학창시절 부모님 몰래 부린 객기에 까르르 함께 웃을 수 있는 것은 과거 내가 했었던, 혹은 간절히 하고 싶었지만 차마 못 했던 경험을 바탕으로 하기 때문이다. 배운 대로, 읽은 대로 방송하는 것에는 한계가 있다. 그것이 나의 한계였다.

그렇다고 과거로 돌아가 다시 살아볼 수도 없는 일, 막다른 길에 이르러서야 그때부터 나름의 생존법에 대해 고민하기 시작했다.

흘러가는 것은 흘러가는 대로
떠나가는 것은 떠나가는 대로

너는 그저
그 안에 남겨진
이야기만 찾으면 된다.

눈물 상자 속 값비싼 이야기.

범생이의
예능 도전기

"지애야, 치마 좀 그만 내려. 그러다 찢어지겠다."

언젠가부터 스타일리스트 언니가 자꾸 미니스커트를 가져온다.

"언니, 그래도 이건 아니지. 너무 짧잖아. 자, 봐. 이렇게 앉으면 더 올라간다니까!"

나는 일부러 의자에 앉았다 일어섰다 시범을 보이며 미심쩍은 듯 고개를 좌우로 흔들었다.

"너무 경박해 보이잖아. 나랑 어울리지도 않고……."

절규하듯 말했지만 사실 나는 속으로 울고 있었다. 옷이 짧다고, 어깨가 모두 드러났다고 사람이 모두 경박하단 뜻은 아니다. 다만 그것이 어울리지 않을 때, 네티즌들은 말한다. '아나운서가 경박하게 왜 저래?'

휴우…….

학교에 다닐 적 엄마는 내게 그러셨다.

"학생은 학생다울 때 제일 예쁜 거야. 지금은 까만 머리카락 싫다 그러지? 나중에 엄마처럼 흰머리 나봐라. 얼마나 그리워지나."

단어마다 힘을 주어 말하는 엄마 말씀에 완벽하게 공감한 건 아니지만, 잔소리도 싫고 엄마의 근심이 되는 건 더 싫어서 나는 늘 모험을 포기했다. (평범한 여고생이 할 수 있는 최고의 모험이란 방학 때 염색을 하거나 파마를 하는 일이다.)

웬일로 바람이 불어 치마를 접어 입기라도 하면 엄마한테 들킬까봐 집 앞에선 원래 길이로 돌려놓곤 했다. 혼나는 게 두렵진 않았다. 다만 실망시켜 드리고 싶지가 않았을 뿐. 무섭게 혼내는 엄마보다 실망 가득한 얼굴의 엄마가 더 무서웠다.

그런데 이젠 엄마보다 네티즌들이 더 무섭다. 격렬하게 독설을 날리는 네티즌보다 '이지애, 이번에 좀 실망이다' 하는 사람들이 더 무섭다는 거다. 방송인은 이미지로 먹고사는 사람인지라 그것이 한번 망가지면 낙인이 찍힌다. 연기자들이야 '짠!' 하고 연기 변신이라도 하지만, 아나운서들은 그게 그대로 캐릭터가 되어서 사실이 아닐 수 있는 일에도 영영 회복할 기회를 잃을 수 있다.

아나운서 특유의 모범적 이미지 때문인지 뭔지, 모험이라는 것은 그래서 언제나 두려운 일이다. 내겐, 그 두려움에서 벗어나는 유일한 방법이 회피하는 것뿐이었다. 쉽게 말해 튀지 말자! '나다운 것'에서 조금이라도 벗어날 것 같으면 아예 시도조차 하지 않는 것이다. 나다움이 대체 뭔지 조차 몰랐던 그때는 짧은 치마, 가슴이 훅 파인 드레스 같은 것들이 회피대상 1호였다.

"으이그~ 걱정 말어. 이지애! 넌 아무리 벗겨놔도 섹시하지 않으니까."

위로(?)랍시고 해준 코디 언니의 이야기에 안심이 되는 건 뭘까.

그러던 어느 날, 예능국 모 작가로부터 전화가 왔다.

"예능국 〈상상더하기〉 팀입니다. 이번에 저희가 개편을 하면서 진행자를 바꾸게 되었거든요. 오디션을 보려고 하는데 잠시 와주시겠어요?"

'엥? 요즘 진행자는 오디션으로 뽑나? 어렵게 시험 봐서 겨우 아나운서가 됐는데 무슨 프로그램 하나 맡으면서 오디션을 본담?' 툴툴거리며 전화를 끊고 난 후 그때부터 고민이 시작됐다. 수많은 스타 아나운서를 배출했던 〈상상더하기〉. 거기다 전임 진행자는 최고의 섹시가수 이효리. 기회라기보다는 부담, 아직 누가 시켜준다고 한 것도 아닌데 이미 나는 자신이 없었다.

그러나 그것도 시험은 시험이라고, 나쁜 성적을 받고 싶지는 않은 것이 사람의 심리 아닌가. 최대한 상큼해 보이는 주황색 물방울무늬 블라우스에 하얀 팬츠를 입고 6층 예능국 회의실로 올라갔다. 정체를 알 수 없는 사람들이 열댓 명 앉아 있었다. 그중 누군가는 카메라까지 들이대며 말했다. '웃어봐라, 웃지 말아봐라, 정면으로 보며 천천히 말해 봐라, 옆모습을 보여달라.'

고개를 요리조리 돌리며 헤헤 웃었다가 정색했다가, 그렇게 이상한 오디션을 마치고 며칠 후, 나는 〈상상더하기〉의 안방마님이 되었다.

첫 녹화 날, 나의 존재는 철저하게 비밀이었다. 보통 프로그램에 새로 투입되면 기존의 MC들과 미리 인사도 나누고 함께 회의도 하게 마련인데, 나는 존재 자체가 베일 속에 있어야 했다. 역대 MC들과 차

별을 두어야 할 필요도 있고, 뭔가 신비감을 주어야 할 필요도 있고. 여하튼 그날은 녹화 전 화장실에 갈 때조차도 주변에 누가 있나 이리저리 살피고 가야 할 정도였다. 누군가의 비밀이 되어보기는 처음이다. 설렘의 대상이 될 수 있다는 것, 기다려주는 이들이 있다는 것, 연애할 때만큼이나 가슴이 두근거렸다.

〈상상더하기〉 첫 녹화를 앞두고 아빠같이 따르는 선배 한 분을 만났다. "명심해, 지애야. 먹기에 좋은 약은 너에게 치명적인 독이 될 수도 있단다."

약일까, 독일까. 모양새만으로는 판단할 수 없는 아름다운 이름의 기회. 그것이 무엇이든 잘 소화할 수 있기를……. 그렇게 덜컥 삼켜버렸다.

처음엔 그 모든 것이 신기했다. 작은 스튜디오에서 카메라 서너 대만으로 프로그램을 컨트롤하던 교양프로그램이 아니라, 커다란 공개홀, 십여 대의 카메라가 뚫어져라 지켜보는 예능 프로그램. 처음 보는 컨추리꼬꼬 두 사람도 신기했고, 얼굴이 조막만한 탤런트 김지훈도, 중학교 때 소리 높여 따라 부르던 쿨의 이재훈도 모두모두 신기했다. '꺄아' 하고 소리를 질러야 할 것만 같은데, 베일이 걷히자 오히려 그들이 나를 보고 소리를 지른다. 다짜고짜 자기소개를 시작한다.

"KBS 32기 공채 아나운서 이지애입니다."

'32기'라는 말을 할까 말까. 그냥 '아나운서 이지애'라고 소개하는 게 더 깔끔하지 않을까? 남들은 별 관심도 없을 이야기들에 고민을 반복했다.

사람들이 물었다.

"이효리 씨 후임인데 부담스럽지 않으십니까?"

이제 와 말하지만 그건 오히려 다행이었다. 이효리의 섹시함이나 춤·노래실력을 원했다면 내가 아닌 다른 사람을 섭외했어야 옳다. 시청자들은 내게 이효리의 모습을 기대하지 않는다. 제작진 역시 내 모습에서 이효리를 원하는 건 아니다.

나는 그저 우리말을 바로 잡는 아나운서 역할에만 최선을 다하면 될 뿐 좀더 튀기 위해 잔머리를 굴릴 필요가 없었다. 얼음공주도, 끼 많은 여인도, 도도한 여인도 아닌 그냥 나. 웃음이 나오면 자유롭게 웃을 수 있고, 분위기가 너무 격양되어 있으면 적당히 자제시킬 줄도 알고 당황하면 당황한 채로, 화가 나면 화가 난 채로. 인자하면서 때론 엄하기도 한 안방마님 자리. 뭔가 어려운 듯 느껴지지만 그 역시 그냥 내 모습을 잃지 않으면 되는 것이었다.

범생이답게 '선생님' 콘셉트로 〈상상더하기〉를 진행했던 1년여. 잘난 척하며 내가 아는 우리말 상식들을 달달달 외워 전하긴 했지만, 사실 그 시간 동안 더 많은 것을 배운 것은 오히려 나였다.

〈상상더하기〉는 태풍이었다. 엄청난 파급력의 프로그램으로 인해 얼굴을 알렸으니 웃음의 물기를 가득 품은 채 미소에 목말라하는 시청자들에게 비를 뿌리고, 놀이로 공부도 할 수 있다는 것을 알려주고, 반듯한 아나운서도 때론 망가질 수 있다는 재미도 주고. 그러나 언젠가는 물러나야 함을 알아 스스로의 진로방향을 결정해야 하는 친절한 태풍. 매주 화요일 밤을 웃음으로 초토화시켰던 〈상상더하기〉라는 강력한 태풍은 그렇게 5년 만에 소멸되었다.

그러나 내 가슴속에는 언제고 첫 마음을 기억하게 하는 소중한 첫 사랑으로 남을 것 같다. 상상과의 이별 후 어느새 3년. 나는 얼마나 더 하기 되었을까.

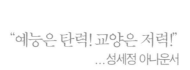

"예능은 탄력! 교양은 저력!"
...성세정 아나운서

태도

하나를 잘하는 사람은
다른 것도 잘해.
그건 그 사람의 '능력' 때문이 아니야.
그 사람의 '태도' 때문이지.
… 〈라디오천국〉, 정일서 프로듀서

능력에 앞서는 태도

생선가스를 오물거리다
문득 자세를 고쳐 앉았다.

입사 7년차
매순간,
나의 태도는 어떠했던가.

내 자리 18번

강릉에서 지역근무를 했던 1년차. 거의 매주 고속버스에 올랐다. 가끔 뒤늦게 버스 예매를 하는 날이면 꼭 한 자리의 좌석이 비어 있었는데, 그 자리는 18번. 사람들이 화가 나면 내뱉는 욕의 이름을 닮아 있었다.

차 번호에도, 주소에도, 심지어 목욕탕 라커룸이나 버스 좌석에도 반만년 역사의 풍수지리 때문인지 뭔지 사람들이 유독 싫어하는 숫자가 있다. 4번, 6번, 그리고 내 자리 번호 18번.

어느 순간부터 그 자리는 나의 지정석이 되었다. 이유는 간단하다. 예매가 쉽기 때문에. 사람들이 즐겨 찾지 않기 때문에. 처음 홀로서기를 시작하는 1년차. 모든 것이 낯설었던 내겐 무엇 하나라도 익숙하게 느낄 만한 '내 자리'라는 게 필요했다. 더욱이 한 주간의 긴장을 풀고 엄마 품으로 향하는 버스 안이 아니던가. 편안히 느낄 만한 '진짜 내 자리'가 되기에는 경쟁이 치열하지 않은 18번이 안성맞춤이었다.

1년간 매주 버스를 타다 보니 사람마다 선호하는 자리가 있음을 알게 되었다. 강릉에서 서울까지는 약 세 시간. 결코 짧지 않은 시간, 각자 다른 방식으로 버티는 법을 터득한다. 세 시간 내내 잠만 자는 사람은 아무런 방해도 받지 않는 맨 뒷좌석, 말똥말똥 심심한 사람은 위성방송 잘 보이는 맨 앞좌석, 그리고 자다 깨다를 반복하며 가끔 책도 읽고, TV도 보는 나 같은 사람은 중간 좌석을 가장 좋아한다. 휴게소에 내려 화장실까지 가기에도 그리 멀지 않은 18번은 그런 의미에서 내게 딱 맞다. 더욱이 늘 마지막까지 비어 있는 만만한 자리다.

언젠가 팬이라고 하는 애청자로부터 쪽지를 받았다.
"이따금 사람들의 시선이 힘들지 않아요?"
잠시 생각에 잠겼다. 누군가의 시선을 힘들다 느낄 만큼 유명한 사람도 아니지만, 어떤 형태건 대부분의 질문에는 '예, 아니오'라는 답변만으론 충족할 수 없는 Blank란 것이 있으니까.

'맞아요. 힘들어요. 살다 보면 매일의 컨디션이 같을 수는 없는 건데 인형도 아닌 내게 웃는 모습만을 기대하는 사람이 있거든요. 조그만 실수에도 핏대를 세우며 공격하는 사람, 얼마 되지도 않는 팬 편애한다고 몰아세우는 사람, 생긴 게 마음에 안 든다, 표정이 가식적이다 하는 사람…… 때론 세상 밖에 꼭꼭 숨고 싶은 날도 있는 건데 늘 최상의 것을 기대하는 이들을 다 충족시켜 줄 순 없으니 그 스트레스는 말로 다 할 수가 없지요.'

그러나 또각또각 하소연하듯 답장을 쓰다가 이내 지워버렸다.
'아니요. 전혀 안 힘들어요. 다 관심의 표현인데, 행복한 일이지요.

제가 사랑해서 선택한 일인걸요. 그 정도는 감수할 수 있다고, 그럴 힘이 아직 내게 있다고 믿어요.'

그러나 천사같이 써놓고 보니 이것 역시 아니다 싶다. 속으로 한참을 생각하다가, 지웠다 쓰기를 반복하던 나. 결국, 그날 답장을 보내지 못했다.

내 자리 18번. 사람들이 꺼리는 자리. 매주 그곳에 아무렇지 않게 앉았듯, 욕먹고 비난받는 일에도 익숙해져야 할 때가 오겠지. 신입 시절 주말마다 18번 자리를 예약하고 그 자리에 앉으며 다짐했다. 나는 그냥 이렇게 살겠노라고. 그냥 이렇게 살아야 할 것 같다고. 때로 비난받고 욕먹을까 두려운 자리, 그래서 많은 이들이 일부러 피하는 자리.

하지만 내가 옳다고 느낀다면, 진리라고 확신한다면 나는 그 자리에 말없이 앉을 것이다. 아니, 어쩌면 말은 많을지 모르겠다. 말하는 직업을 가진, 말 공장의 전문 말쟁이니까. 여전히 더듬더듬 가나다만 읊는데도 진땀을 흘리지만, 진땀만큼 눈물을 더 쏟아야 하는 운명을 익숙한 듯 받아들이며 그 자리에 앉아 흘러온 세월이 어느덧 7년이다.

버스에는 참 많은 사람들이 탄다. 1년간 내 자리 18번 옆에는 수많은 사람들이 지나갔다. 따뜻하게 웃으시며 바지춤에서 사탕을 건네주시던 할머니. 의자에 올라서 수줍게 뒤를 돌아보던 앞자리 꼬마. 어두운 조명 아래서 남몰래 사랑을 속삭이던 바퀴벌레 커플. 단체로 여행을 가는지 시끌벅적 떠들다 잠들어버린 학생들. 양말까지 벗고 코를 골며 자는 넥타이 중년 신사. 용감하게 다가와, 내게 말을 걸어준 귀여운 여대생. 그런 사람들 사이에서 폼 잡고 표정관리를 하기에는 세 시간이 너무 길다. 몸이 뒤틀리고 쥐가 나기 전에, 나는 제자리를 찾아야만 한다.

내 자리 18번. 오랜 시간 단단하게 중심을 잡고 제자리를 지키면, 언젠가는 노래할 날도 있겠지. 누군가 물을 때, 내가 제일 잘 부르는 노래라고, '나의 18번'이라고, 자랑할 때도 오겠지. 그런 상상들로 콧노래를 흥얼거리며 카메라 밖 세상을 향해 오늘도 말을 건넨다.

"저기요. 오늘, 제 옆자리에 앉아주시겠어요?"

모르는 길은 항상 멀다.
다만 그 길을 용기 있게 걷는
단단한 심장이 있었으면 좋겠다.

6시 네 고향?
아니, 이제 '내' 고향

무려 20여 년의 역사. KBS 대표 장수 프로그램 〈6시 내고향〉. 그러나 프로그램의 이름 때문인지, 아니면 출연진들 대부분이 고향 어르신들이라 그런지 가끔 '그거 촌스러운 프로그램 아니냐' 하시는 분들이 있다.

솔직히 서울토박이인 나도 진행을 맡기 전까지는 이 프로그램의 매력을 잘 몰랐었다. 그때가 3년차. 고향 프로그램 MC를 하기엔 너무 어리지 않나 하는 우려가 있었다. 그러나 그보다도 엄마가 주시는 대로 먹기만 했지 송이버섯, 석이버섯, 표고버섯도 제대로 구분조차 못하는 나의 무식함이 탄로나진 않을까 하는 두려움이 더 컸다.

무식(無識)에는 여러 종류가 있다. 공부를 덜 해 지식이 부족한 것이 무식의 본 의미겠지만, 삶에 대한 무식, 생활에 대한 무식은 사실 아무리 공부를 해도 해결이 안 되는 경우가 많다. 초등학교도 못 나와 평생 바다를 지킨 어르신, 고요한 산골 마을에서 감자 농사로 평생을 일군 어르신, 버젓이 대학을 나와 직장생활을 하다가 삭막한 도시생활에 한계를 느끼고 귀촌을 감행한 용기 있는 어르신, 평생 고생한 늙은 아내에게 미안하다 말 한마디 건네지 못했다며 목청껏 그 마음 담은 희망가요를 외치는 로맨틱한 어르신, 폭풍 속에 바다에 잃어버린 남편을 가슴에 묻고 평생 바다만 바라보며 주름 켜켜 눈물을 모아둔 어르신……. 매일매일 그들의 고향 이야기, 삶의 이야기를 보며, 인생에 대해 삶에 대해 내가 얼마나 무식했는지 깨달아갔다.

그들의 웃음에는 대부분 눈물이 배어 있다. 치열한 경쟁이나 목적의식은 없을지 모르나, 그들의 하루에는 나름의 철학과 경륜이 묻어 있다.

"저도 나중에 귀촌이나 할까 봐요."

가슴이 먹먹했던 어느 날, 회의를 하다가 이렇게 말했다.

그런데 다들 '아서라' 하신다.

"지애야, 귀촌은 아무나 하는 줄 아니? 다들 저만큼 일궈내기까지 얼마나 많은 인생의 고비를 맞았는지 넌 모를 거야."

이것저것 불편한 고향에 대한 도시의 우월감. 도시인들은 아니라고들 손사래를 치지만 결국 숨길 수 없는 그것. 가끔 '촌스럽다'는 표현으로 시골생활을 비웃는 이들을 보면서 인간의 감정이 비만하게 되면 얼마나 위험해질 수 있는지에 대해 생각하게 된다. 배가 너무 뚱뚱해지면 자기 발바닥과 이어진 뿌리가 내려다보이지 않는 걸까? 영양공급이 균일하게 안 돼 배만 볼록한 대책 없는 비만은 어설픈 우월감으로 무식 티를 팍팍 내게 하는 위험한 성인병이다.

촌스러운 것, 그거 아무나 하는 거 아니다. 무언가 '~스럽다'라는 정체성을 갖기까지는 말로 설명할 수 없는 수많은 시행착오가 필요하다. 내 삶에 '나-다움'이라는 명확한 역할도 제대로 세워놓지 못했으면서 오랜 세월 쌓인 '촌(村)-스러움'을 비웃는 것, 그건 참 철없는 인식이라는 생각이 든다.

투박함에서 아름다움이 묻어나는 것. 꾸미지 않았음에도 충분히 아름다울 수 있다는 것. 촌스러운 그들의 삶이라는 건 짧은 시간 안에 꾸밀 수도, 흉내 낼 수도 없는 것이다. 그렇게 그대로 있을 때 가장 아름답다. 고추같이 매운 삶도 밀가루에 기름이 더해지면 고소해지듯 어르신들의 삶은 땀과 눈물, 시간이 더해져 더욱 깊어지고, 진해진다.

그렇게 누군가가 애써 일궈놓은 하루하루를 매일 스튜디오에 앉아 훔쳐보며 나는 가끔 부끄러운 생각이 들었다. 그들의 긴 세월 그 눈물의 의미를 단 한마디 멘트로 규정지을 수 있을까? 나의 무식함이 언제나 부끄럽다.

〈6시 내고향〉 아마 역대 최고 무식한 진행자일 터. 그러나 어느새 '네 고향'이 아닌, '내 고향'으로 6시의 저녁 풍경은 나의 일상 속에 젖어들었다. 고향이라는 곳. 그곳은 이렇게 아무나 다가가도 가슴을 열어 안아주는 곳이 아닐까. 서울 스튜디오 에어컨 아래 앉아 있지만 그곳은 정말 가슴 따뜻한 '나의 고향'이었다.

아주 오랜 후에

〈6시 내고향〉 스탠바이 중,
어쩌다 영화 이야기가 나왔다.

서기철: 라스트 콘서트, 내 이름은 튜니티, 새벽의 7인. 그런 거.
이봉원: 맞아요. 그다음에 나온 게 '돌아온 튜니티'잖아. 하하.
서기철: 맞아, 그 시대에는 그 영화가 제일이었지. 그때가 좋았어.

아주 오랜 후
우리 시대는
어떤 이름들을 기억하게 될까?

오랜 후 오늘도
'그때가 좋았다……' 하고 얘기하게 되겠지?

빵점짜리 MC랍니다

"6시 내고향의 촌티 나는 MC가 여기에 어울릴까?"

첫 녹화가 있던 스튜디오에서 나를 빤히 바라보며, 그가 말했다. 자기소개도 없이, 격려도 인사도 한마디 없이, 하필 녹화 직전에 저런 말을 하는 저의는 무얼까? 딱히 대답할 말을 찾지 못한 채 기분이 상한 채로 MC석에 앉았다. 오기가 생겨야 하는데 갑자기 자신이 없어진다. 그러면서 괜히 분하다. '아아, 저 인간 도대체 누구야?'

그렇게 정신이 없는 채로 첫 녹화를 마쳤다. 정신이 없을 만도 한 것이 녹화 바로 전날 오후에야 내가 이 프로그램의 MC라는 통보를 받았다. 무슨 섭외를 이렇게 하나 했더니 그럴 만한 사정이 있었단다. 나도 모르는 그 사정을 시청자가 알 리 없고 그렇게 아무런 준비 없이 꿈에 그리던 토크쇼의 MC를 덜컥 맡게되었다.

아나운서가 되고 난 후 많은 것들이 달라졌지만, 단 하나 변치 않았던 꿈이 바로 나만의 토크쇼를 진행해 보는 것이었다. 꿈을 이루고 난 후에도 여전히 꾸고 있는 꿈. 삶에 대한 경험과 연륜이 쌓이고 누군가의 이야기를 가슴으로 품어줄 수 있을 때, 그때에야 비로소 그 자리에 앉을 수 있으리라고 생각했다. 그러기 위해서는 이 모든 것이 다 경험이라고, 그러니 작은 기회들에도 최선을 다하자고 생각하며 씩씩하게 버텨왔는데 입사 4년차, 아직 꼬마인 내게 너무도 빨리 기회가 찾아왔다.

뒷이야기를 하자면, 묘한 섭외 과정에서 느껴지듯 원래 그 프로그램의 진행자는 내가 아니었다. 유명 탤런트와 타이틀 촬영까지 마쳤지만 무슨 연유에선지 프로그램의 콘셉트가 갑자기 바뀌었고 급하게 섭외한 저렴한 대체재로, 난데없이 내가 단독 MC가 된 것이다. 어쨌거나 대타. 그런데 뭐랄까? 기분이 나쁘지가 않다.

생각보다 빨리 이뤄진 꿈. 그러나 그것은 축복이라기보다는 잔인한 시험무대였다. 이번 시험을 망쳐버리면 재시험은 기회조차 없을 것 같은 두려움. 누군가의 대타로 들어갔다는 자존심 때문이 아니라, 아직 전혀 준비되어 있지 않다는 느낌. 그 불안함이 자꾸만 나를 움츠러들게 했다.

그렇게 들어갔던 첫 녹화. 프로그램 콘셉트도, 무대 분위기도, 심지어 초대 손님이 누군지도 모른 채 간 그 자리에서 나는 블랙홀이 무언지를 경험했다.

'MC의 기본 능력은 공감이야. 아이 콘택트(eye-contact)!'

배운 대로 마음속으로 수도 없이 외쳤지만 그날 난 대본 보기만도 바빴다. 진땀을 흘리며 마친 첫 번째 녹화. 그로부터 2주 후 국장님이 갑자기 나를 호출하셨다.

'어, 뭘까? 갑자기 왜 보자고 하신 거지?'

머릿속에 만 가지 생각이 교차했다. 그런데 국장실에 들어서는 순간, 그 많던 생각이 한순간에 가루가 되어 부서졌다. 처음 대면한 국장님은 첫 녹화 직전 만난 바로 그 독설가였다. 털썩!

"이지애 씨, 이렇게 또 보네. 나 알지? 첫 녹화 때 갔었는데……."

'그럼요, 알죠. 첫 녹화부터 저를 참 서럽게 하셨잖아요' 라는 말이 목구멍까지 차올랐다. 하지만 생각해 보면 그가 한 말 중에 틀린 말은 하나도 없다. 당시 나는 〈6시 내고향〉의 MC였고, 어떤 프로그램을 맡든 거기에 녹아나야 했기에 최대한 넉넉하고 친근한 MC가 되려고 노력하는 중이었다. 그러나 고향 이야기를 한다 하여 사람까지 촌스러울 수는 없다. 그리고 촌스러운 게 뭐 나쁜가? 팍팍한 도시생활 속에서 사람들이 매일 그리워하는 것이 바로 고향의 향기인데 그것이 소똥 냄새든, 생선 비린내든 그걸 그렇게 함부로 평가할 수는 없는 거다.

그렇게 시청자들의 절대 지지를 받으며 20년 가까이 동 시간대 최고의 시청률을 기록한 프로그램. 그런 프로그램의 MC였던 나는 나름의 자부심이 있었다. 그리고 설사 촌티 좀 난다 해도 그렇지, 첫 녹화를 앞에 두고 긴장해 있는 후배에게 국장님, 솔직히 너무 하셨다. 그때의 감정이 생각나 속에서 막 울컥울컥 하는데, 국장님은 아랑곳하지 않고 말을 이어갔다.

"예전에 모 방송국 아침 토크쇼에 한 여배우가 MC로 나왔는데 아주 섹시해. 막 감은 듯 찰랑찰랑 웨이브진 머리에, 소매는 프렌치 퍼프소매, 의상소재는 몸에 착 감기는 저지소재. 지애 씨, 우린 그렇게 섹시한 MC를 원해. 근데 지애 씨는 첫날 방송에서 의상부터 틀렸어. 거기다 허리를 그렇게 꼿꼿이 펴고 앉아 있으면 보는 사람이 불편하지 않겠어? 객석 패널들 인터뷰도 그래. 굳이 무리해서 허리를 돌릴 것이 아니라, 그쪽으로 자연스럽게 걸어가서 난간에 우아하게 기대면 되잖아, 응? 패널과 대화를 할 때도 자연스럽게! 〈오프라 윈프리 쇼〉 못 봤어? 다리도 꼬아가며 기대앉아서 손으로 제스처도 해주고! 이렇게 해야 자연스런 분위기가 나지."

'헉. 국장님 그냥 오프라 윈프리를 섭외하시죠.' 녹화 바로 전날 통보를 받고 의상 구하기조차 버거웠던 내게, 국장님은 다리도 꼬고 일어나 걸으며 직접 시연까지 보이셨다.

"음, 암튼 한마디로 말해서 이지애 씨는 지금까지 빵점짜리 MC야."

빵점? 쿵! 갑자기 가슴 깊숙이에서부터 뭔가 쓰린 기운이 스멀스멀 올라왔다. 프렌치 퍼프소매가 뭐죠? 머리카락 덜 말리면 저도 섹시해질 수 있는 건가요? 무대 감독이랑 조명도 안 맞추고 PD, 카메라 감독이랑 동선도 상의 안 하고 MC가 그렇게 막 걸어다녀도 되는 거예요? 의자는요, 편안히 기댈 수가 없는 스툴이었잖아요. 게다가 저는 녹화 당일에서야 원고를 받았고, 심지어 초대 손님이 몇 명인지조차 몰랐는걸요. 빵점 주시기 전에 시험지라도 제대로 볼 수 있게 해주셨어야죠…….

반박하고 싶은 억울함이 코끝까지 시큰하게 올라왔다. 하지만 그 모든 걸 말하는 게 무슨 의미가 있으랴. 그래 봤자 나는 '핑곗거리도 많은' 빵점짜리 MC일 뿐. 빵점, 그 점수 자체는 바뀌지 않을 테니 변명은 무의미했다.

"국장님, 으음……. 뭐, 마이너스 점수 주지 않으셔서 다행입니다. 제가 부족하긴 하지만 그런 상황에서는 누구라도 오프라 윈프리가 될 수 없어요. 그래도 빵점이니까 점수 올리기는 쉽겠네요. 앞으로 많이 배우면서 열심히 하겠습니다."

의연한 척 말했지만, 자존심이 상해 눈물이 날 것 같았다. 그렇게 눈물로 배워가며 6개월, 〈이야기쇼 락〉을 진행했다.

자리를 잡지 못하고 몇 차례 시간대를 옮기기도 했고, 섭외가 어려워 지인들을 총동원해 내가 직접 나서기도 했다. 파격적인 옷도 입어보고, 어색하게나마 제스처도 취해보고, 의자에 비스듬히 기대앉아보기도 했다. 하지만 편성 시간대는 늘 자정을 넘은 시각, 러닝타임은 고작 35분. 1시 넘어 끝나는 심야프로그램이니 당연히 시청률이 잘 나올 리는 없었다.

그러나 어쩐 일인지 회가 거듭될수록 초대되는 게스트들은 정말 훌륭했다. 1회 〈겨울연가〉 윤석호 감독을 시작으로 장나라, 김선아, 신승훈, 정준호, 장혁, 윤하, 송승환, 윤손하, 비보이 익스프레션, 휘성, 구혜선, 소녀시대에 이르기까지 각 분야에서 한류를 주도하고 있는 스타들이 우리 프로그램에 출연했다. 아나운서가 되지 않았다면 만날 수조차 없었던 사람들.

빵점짜리 MC 앞에 만점짜리 스타들이 앉았다. 그 사실만으로도 가슴이 벅찬데, 시간이 흐르자 MC인 나를 만나기 위해 출연을 결정했다는 이도 생기고, 내게 같이 사진을 찍자는 출연자도 생겨났다. 무엇보다 감격스러운 것은 어느 순간부턴가 그들이 카메라가 아닌, 나의 눈을 보며 말한다는 것이었다. 인터뷰라기보다는 수다. 딱딱한 진행이라기보다는 다정한 공감.

그렇게 되기까지 무대 위보다 무대 뒤가 더 숨가빴다. 밥은 못 먹더라도 녹화 전 반드시 무대 뒤 손님들을 만나러 갔다. 미리 친해지면 그들은 좀더 쉽게 마음을 열어주었다. 시간이 없어 바로 무대에 오른 날의 녹화는 무언가 핵심 없이, 자판기에서 나온 듯 뻔한 이야기들만 듣게 된다.

큐시트대로 대본을 잘 숙지하는 것도 중요하지만 그보다 더 중요한 것은 그 사람에 대한 '진짜 관심'이다. 사람들은 자신의 이야기를 진짜 궁금해하는 사람들 앞에서 무장해제가 된다. 그것은 화려한 스타일수록 더 했다.

그 와중에도 국장님은 변함없이 내게 섹시하라, 화려하라 주문하셨다. 그러나 그때도 지금도 나는 스스로 빛나기보다 누군가를 빛내주는 진행자이고 싶다. 한류스타보다 더 화려한 MC가 과연 필요할까? 번쩍번쩍 두른 액세서리에 나의 손님들 눈이라도 부시게 되면, 우리 사이에 대화라는 것이 가능할까.

〈이야기쇼 락〉은 단 6개월 만에 폐지되었다. 문 열고 들어가 문 닫고 나온 빵점짜리 MC는 폐지하지 말아달라는 게시판의 글들을 보며 눈물을 흘렸다. 〈이야기쇼 락〉. 온 정성을 바친 시간 속에서 진정으로 즐길(樂) 수 있게 되기까지 나는 여러 가지를 바꿔보려고 시도했다. 그러나 그 시간을 통해 얻은 결론이 있다면 브라운관 속의 나는 그냥 진짜 내 모습이어야 한다는 것이었다. 스타들의 진솔한 이야기를 듣겠다고 하고서 정작 내가 진짜가 아니라면 아무리 멋지게 꾸민들 사람들은 불편해한다.

먼 훗날 언젠가 재시험을 볼 수만 있다면…… 그렇다면 그때는 몇 점이나 받을 수 있을까.

난 지애가
인터뷰어이기보다는
컨트롤러였음 좋겠어.
리모컨 없이도 사람의 마음을 움직일 수 있는,
인터뷰어이면서 카운슬러도 되는,
컨트롤러 말이야.

…가수 신승훈

KBS
아나운서실

무언가를 기억하는 데는 참으로 많은 단서가 활용된다. '기억의 도구'라고 불리는 그 단서들은 대부분은 기억이 완성되면 곧 무의미해지는 정보들이다. 예를 들면 골목 끝 어딘가에 자리 잡은 친구의 집을 기억하기 위해서 그 길을 따라 늘어선 지붕들의 색깔, 대문의 모양들을 순서대로 기억하는 식이다. 아마 그 집주인은 오히려 모르고 있거나 헷갈릴 만한 것들. 그러나 기억하고자 하는 사람에게는 매우 유의미한 정보들이 그렇다.

'맞아. 파란 대문 옆에는 빨간 지붕이 있었지. 그리고 몇 발짝 걷다 보면 우체통 바로 옆에 그 친구 집 문패가 있었어.'

그렇기 때문에 그 길에 처음 들어선 사람은 매일 그 길로 다니는 사람들보다 더 많은 것을 기억해 낼 수 있다. 우리 일상에는 '익숙하다'는 이유만으로 무심히 지나치는 것들이 생각보다 많기 때문이다.

KBS 본관 3층에 위치한 아나운서실. 처음 그곳에 찾아갔을 때의 느낌을 나는 잊을 수가 없다. 3층 엘리베이터에서 내리면 한쪽 벽면엔 동양화가, 다른 벽면엔 부조정실로 통하는 문이 하나 있다. 아나운서실은 동양화 쪽 방향인데 엘리베이터가 넉 대나 있기 때문에 타고 내리는 방향에 따라 위치가 매우 헷갈린다. 그래서 나는 항상 그림의 위치로 가야 할 방향을 잡곤 했다.

엘리베이터에서 내려서 아나운서실 쪽으로 자세를 틀면 늘 콧등을 스치는 특유의 향취가 있었다. 달콤한 음식 냄새도 아니고, 진한 향수 냄새도 아닌, 석면 냄새인지, 스튜디오 먼지 냄새인지 도대체 모르겠는 독특한 냄새. 나는 정체를 알 수 없는 그 냄새를 단서로 3층 아나운서실을 기억했었다. 그런데 참으로 이상한 건 그 냄새는 꼭 내가 입사했던 겨울 무렵에만 난다는 것이다. 그래서 매해 그맘때가 되면 처음 아나운서실을 찾아 올라갔던 신입시절의 긴장감이 떠오르곤 한다.

쿵쿵쿵 강아지마냥 그 냄새를 좇아 찾아간 아나운서실 풍경은 참으로 낯설고 진귀했다. TV에나 보던 얼굴들이 책상에 앉아 두런두런 얘기하는 것을 보고 있으면 마치 만담 프로그램을 보고 있는 듯 배시시 웃음이 나왔다. 누군가가 화가 나서 욕이라도 하면 '우아! 아나운서도 욕을 하는구나.' 욕먹고도 신기해서 말똥말똥 올려보다가 '넌 뭐냐'며 더 혼이 난 적도 있었다.

아나운서실에는 참으로 다양한 모습의 아나운서들이 있다. 도사 같은 모습으로 8체질을 읊어주시는 위원님, 누가 근무시간을 안 지키나 예리하게 지켜보는 부장님, 뉴스나 프로그램 배당 때문에 온종일 전화와 씨름하는 팀장님, 모니터 앞에서 방송 준비를 하거나 강의 교안을 짜는 선배, 그 옆에서 열심히 인터넷 고스톱을 하는 후배, 이어폰을 꽂고 영화감상에 젖어 있는 동료, 대답하기도 곤란한 장난전화를 받아주느라 진땀을 흘리는 막내 등등.

방송을 업으로 하는 우리들의 일은 아무래도 사무실보다는 스튜디오나 현장에서 이뤄지는 일이 많기 때문에 사무실에서의 모습은 그야말로 각양각색이다. 얼핏 보면 그냥 평범한 회사원들이지만 이 모든 것들이 우리에게는 방송을 준비하는 시간들이다.

하는 일 없이 TV를 올려다보고 있더라도 그것은 시간 죽이기가 아니라 방송 모니터 중인 것이고 영화 한 편을 내려받아 보더라도 그건 인터뷰를 위한 자료 수집 중인 경우가 많다. 가끔은 아나운서실에 몰래카메라 하나 설치해 놔도 꽤 재밌는 코미디 프로그램이 제작될 거라는 엉뚱한 상상도 해본다.

아침 뉴스 코너를 진행하던 2년차 때였다. 새벽에 출근하고 오후에는 녹화가 연달아 있어 피로가 막 몰려오던 점심시간, 이대로는 안 되겠다 싶어 잠시 눈이라도 붙이려고 숙직실을 찾았다. 마침 숙직실은 텅 비어 있었다. 쓰러지듯 침대 속으로 들어가 스르르 쪽잠을 청하려는데 얼마 지나지 않아 선배 몇 분이 메이크업을 수정하려고 숙직실로 들어왔다. 소곤거리는 선배들의 대화에 정신이 번쩍 났다. 아무래도 이건 영 막내 모습은 아니다 싶어 부스럭 일어나려는 순간, 그제야 나를 발견한 선배들이 미안해하며 말했다.

"어머, 지애야. 우리 때문에 시끄러웠지. 새벽부터 피곤했을 텐데 미안해. 조용히 할 테니까 조금 더 자."

되레 미안해하시는 '완전 소중' 선배들. 군기가 바짝 든 막내는 서

둘러 숙직실을 빠져나오면서도 행복한 미소를 지었다. 낮잠 자고 있는 후배에게 오히려 미안해하는 선배들이 있는 회사. 워낙 사람마다 근무시간이 다르고 유독 잡일이 많은 막내 시절의 고충을 알기에 가능한 일이긴 했지만 이런 회사가 대한민국 어디에 있나 싶었다.

혼자 히죽거리며 복도를 따라 사무실로 들어왔는데, 뽀얗게 얼굴에 화장을 한 예쁜 사람들이 밝게 인사를 건넨다.

"지애! 오랜만이네. 요즘 많이 바쁘지?"

"예쁜이 막둥이, 이제 화면에서 좀 편안해 보이더라."

주위를 둘러보니 남녀노소 할 것 없이 화사하니 참 잘들 생겼다. 이렇게 눈이 즐거운 회사가 또 어디 있을까. 친절이 몸에 밴 사람들, 그 친절이 오히려 가끔 문제가 되는 행복한 고민의 사람들. 이들과 한 사무실을 쓰는 나는, 그래서 이들을 '우리'라 칭할 수 있는 나는 그래서 이곳이 참 좋다.

7년차의 나는 더 이상 아나운서실을 찾기 위해 벽에 붙은 그림 단서를 활용하지 않는다. 그만큼 이 길이 익숙해졌고 그만큼 이곳과 가까워졌다. 어색하기만 했던 아나운서라는 이름도 이젠 더 이상 어색하지 않다. 어떤 사람들은 '이지애'라는 작은 단서를 통해 아나운서실을 상상하기도 한다.

그렇게 아나운서실 풍경은 하나의 그림이 되어 매일매일 나의 삶에 커다랗게 그려지고 있다. 더 곱고 예쁜 그림이 되었으면……. 오늘도 그렇게 부지런히, 90여 명의 KBS 아나운서들이 3층 아나운서실을 바쁘게 오르내린다.

6시 5분 전

"지금 시각 6시 5분입니다. KBS."

이 말 한마디를 위해
15년 전 나는
정말 최선을 다했단다.

그때 마음을 기억해, 꼭!
… 손범수 아나운서

둥둥둥

내 마음은 여전히
6시 5분 전.

서바이벌,
진짜 살아남기

"누나, 나 어제 홍대에서 거리공연 했다! 친구들이랑 3인조로 했는데 사람들이 막 우리 앞으로 몰려드는 거야. 아, 그때 그 감동! 내 생애 처음으로 돈도 벌었다! 셋이 다 나누니까 한 사람당 7천 원 정도 남더라. 아 정말 신기해. 사람들이 우리 음악을 돈 내고 들어주었다는 게."

밴드 음악을 하는 동생 하나가 어느 날 전화를 했습니다. 아, 7천 원이라니. 그 돈을 '벌었다'고 해도 되는 건가 싶어 안쓰러움과 함께 애잔한 마음이 들었습니다. 동생은 원래 명문대에서 클래식 음악을 전공했습니다. 하지만 밴드 음악을 하고 싶다고 돌연 드럼 스틱을 잡기 시작했지요.

졸업만 하면 어디에서든 모셔간다고 했던 수재였기 때문에 그 학교에서 동생은 '이단아'라고 불렸습니다. 하지만 동생은 도전 앞에 주저하지 않았습니다. 진정 하고 싶은 것을 위해 내린 결정이라며, 이 학교의 졸업은 '진정한 인디펜던스'라고 했지요.

'인디펜던스'. 독립치고 뭔가 빈약해 보이는 출발임은 분명합니다.

하지만 그의 흥분된 목소리에서 7천 원이라는 돈의 가치로는 비교할 수 없는 진한 행복이 느껴졌습니다. 그 순간을 함께 즐겼던 사람들의 존재는 그에게 7천 원이 아니라 7억 이상의 가치였던 것이죠.

세상을 어떠한 '흐름'으로 구분하는 사회에서는 언제나 '주류'와 '비주류'가 대칭적으로 존재합니다. 주류는 안전하고 풍요롭지만 비주류는 언제나 불안하고 배가 고프게 마련이지요. 하지만 그만큼 매력이 있습니다. 불편하고 고독하지만 뭔가 '있어' 보입니다. 그래서 그때 동생의 7천 원은 정말 있어 보였습니다.

이제 와 고백하건대 나는 어쩔 수 없는 주류의 사람이었습니다. 운전할 때는 고민할 것도 없이 클래식 채널을 고정해 두었지요. 인디 음악이 무엇인지는 시사상식 책에서나 보았고, 고교 시절 헤비메탈에 빠져 대걸레 들고 헤드뱅잉 하는 친구를 보면서 왜 저러나 한 적도 있습니다. 밴드 음악은 반항적이고 시끄럽고 요란하다는 생각을 했던, 고지식한 20대를 보냈습니다. 그런데요, 솔직히 티 났지요?

밴드 서바이벌 오디션 〈톱밴드〉의 MC는 솔직히 저랑 어울리지 않았습니다. 오프닝 촬영을 하느라 홍대 클럽에는 처음 가봤고 펑크와 록이 동의어인지는 얼마 전에야 알았습니다. 분명 자격 미달이 확실합니다. 그런데 저라고 어쩌겠습니다. 회사에서 시키는데 말이지요. 첫 방송을 본 한 선배는 제게 '똥 밟았다' 생각하랍니다.

맙소사! 저의 첫 등장, 기억하시나요? 가죽 재킷에 미니스커트를 입고 스턴트맨 시켜 오토바이까지 타면서 요란하게 등장을 했는데,

그날 게시판이 난리가 났지요. "가죽 재킷만 입으면 다 로커냐" "클럽 한 번도 안 가봤을 것 같은 아나운서가 톱밴드 MC로 웬 말이냐?" 아, 이럴 수가! 다들 어떻게 알았지? 우리나라 네티즌 수준이 이렇게나 높습니다, 털썩.

하지만 저라고 고민이 없지는 않았더란 말입니다. 연기자도 아닌데, 아나운서의 변신이라는 것이 어느 정도까지 가능한 걸까요? 나름 KBS에선 '순수하고 단아한 아나운서'라고 인정까지 해줬는데, 그 이미지를 굳이 바꿔야 하는 걸까요? 솔직히 보이콧 하고 싶은 자리였습니다. 제작진은 이번에도 '안젤리나 졸리'를 원했습니다. 나 참, 그럼 안젤리나 졸리를 섭외하시란 말입니다!

"지애 씨, 섹시하고 카리스마 넘치는 이미지! 알지요?"

알긴 알죠. 허나 그게 청유나 명령으로 뚝딱 가능하냐는 말이지요. 저로서는 다시 태어나야 하는 문제란 말입니다.

어쨌거나 저는 그렇게 〈톱밴드〉의 MC가 되었습니다. 서바이벌 오디션이라는데, 목표는 '나나 제대로 살아남자!'였습니다.

혹시 옷 입는 법 아세요?

우리 다 어릴 때 엄마한테 배웠잖아요. 바지는 두 다리에 하나씩 끼워 넣으면 되는 거고, 단추는 맨 위부터 채우면 되는 거고. 근데 〈톱밴드〉를 하면서는 대체 어떻게 옷을 입어야 하는 건지에 대한 고민부터 시작해야 했습니다. 겉옷 위에 속옷을 입어야 하는 건 아닐까를 고민했을 만큼 '파격'이라는 단어와 싸워야 했지요. 눈에 힘준다고 갑자기 카리스마가 생기는 것이 아니듯, 가죽 재킷에 해골무늬 티셔츠를 입는다고 해서 로커가 되는 건 아니었으니까요. 그래서 마음을 바꿔먹었습니다.

'어떤 옷을 입을까 고민하기보다 음악이나 한 번 더 듣자.'

그때부터 자동차에 각종 CD가 꽂혔습니다. 예전 같으면 잠 깨울 때나 들었던 록 음악들이 나의 출근길에 동행했습니다. 그렇게 꼬박 6개월, 나는 비주류로 살기로 작정을 했습니다. 그랬더니 어느 순간부터 평소 옷차림이 좀 달라졌나 봅니다. 출근의상인데 사람들이 묻습니다.

"너, 오늘 톱밴드 촬영 있니?"

몇 개월이 지나자 흥얼흥얼 따라 부르는 음악들이 생깁니다. 그리고 내 안에도 1, 2, 3, 4 번호들이 매겨졌지요. 좋아하는 밴드들이 생기기 시작했다는 것은 그만큼 많이 알게 되었다는 뜻이겠죠?

그때부터는 여유가 좀 생깁니다. 마니아들의 음악이긴 하지만 MC가 꼭 마니아일 필요가 있나요? 진정한 마니아라면 기뻐하세요. 당신들의 편이 한 사람 더 늘었으니까요. 그대는 나를 '전도'하는 데 성공하신 겁니다.

'토요일에는 드라마보다 톱밴드!'

〈톱밴드〉 방영시간대는 그야말로 죽음의 시간이었습니다. 토요일 밤에는 저도 보통은 나가 놀았더랬지요. 어쩌다 집을 지키는 날에도 드라마 아니면 예능 프로그램 돌려 보기에도 바쁜 시간대입니다. 오죽 했으면 〈톱밴드〉의 메인 슬로건이 '토요일에는 드라마보다 〈톱밴드〉!'였 겠습니까? TV 속에서도 주류일 수 없었던 우리들의 절실함을 담아 만든 깨알 같은 구호였습니다. 오, 이런! 제가 이제 '우리'라고 말하는 군요.

〈톱밴드〉의 음악이 아니라 진행자의 의상이 이슈가 되는 현실은 저 도 답답했습니다. 하지만 저는 언제나 빛나는 사람이 아닌, 빛내주는 사람이기를 원했습니다. 무대 위에서 진짜 빛나야 하는 존재는 눈물 을 닦고 한 계단씩 오르고 있는 밴드들 그리고 그들의 음악이어야 했 으니까요. 그래서 대본 한 번 더 외우는 것보다 그들의 음악을 온 마 음으로 듣는 데 더 정성을 쏟았습니다. 진심으로, 무대에서 내려가 청 중이고 싶은 순간들이 많았습니다. 그들과 함께 뛰기에는 한없이 불 편했던 하이힐이, 그리고 MC라는 자리가 이전과는 매우 다른 의미로 많이 아쉬웠습니다.

그들이 노래를 부르고 악기를 연주할 때의 표정은 마치 엄마가 양파 껍질을 벗길 때의 모습과 같습니다. 손이라도 벨까 조심조심, 눈이 매 워지니 표정은 일그러지고 가끔은 눈물이 뚝 떨어질 듯 감정에 몰입해 있습니다. 음표와 쉼표가 뒤섞인 그들의 연주는 리듬이 멈춘 순간에도 여전히 연주 중입니다.

그 멈춤도 리듬 안에 포함돼 있으니 마침표에 이르기까지 그 안에는 오롯이 드라마 한 편이 써집니다. 분명 음악 한 곡을 들었을 뿐인데 영 화 한 편을 본 듯한 감동이 일렁입니다.

그들의 음악 안에는 밴드 음악을 하기 위해 회사에 다닌다는 중년 아저씨도 있고, 아르바이트로 생활을 연명해 가며 여전히 꿈을 꾸고 있는 청년도 있고, 아픈 엄마를 위해 노래한다는 아빠와 아이들도 담겨 있기 때문입니다.

그대는 진정한 톱밴드입니다

서바이벌. 어쩔 수 없긴 했지만 진행을 하면서도 참 잔인한 과정이라는 생각이 들었습니다. 한 무대 위에서 누군가가 환호했다면 분명 다른 누군가는 울어야 했지요. 나는 그 무대에서 축하를 먼저 해야 할지, 위로를 먼저 해야 할지 늘 고민을 했습니다.

그러나 그 무대 위에서 아마추어는 오직 저 하나뿐. 〈톱밴드〉에 온 손님들은 모두 즐기는 법을 아는 진짜 주인공들이었습니다. 하나같이 환호하기 전에 서로에게 미안해했고, 자랑하기 전에 팀원들을 꽈악 끌어안더란 말입니다. 경연이 아닌, 공연을 하던 사람들. 그렇게 멋진 밴드들로 인해 그해 토요일 밤은 늘 축제였습니다.

끊임없이 박수를 보내준 고마운 사람들로 인해 〈톱밴드〉는 시즌 2까지 제작이 되었습니다. 하지만 부진한 시청률은 여전히 우리들의 고민이었지요. 그들은 살아남기 위해, 꼭 1등이 되기 위해 온 사람들은 아니었습니다. 한 번이라도 제대로 연주할 수 있는 무대를 찾아온 밴드들. 그리고 그들이 눈물로 만들어낸 연주는 시즌 2에도 매순간 감동으로 이어졌습니다.

대한민국 어딘가에서 단 한 사람의 청중을 위해 여전히 연주하고 있을 수많은 밴드들. 예술은 아름다움과 잔인함을 함께 가지고 있다고 하지요. 살아남아야 하는 잔인한 일에 아름다움을 입히는 당신은 진정한 예술가입니다. Top Band will never die!

 어느 날 네가 소개팅을 했어.
정말 마음에 드는 사람을 만나
첫 번째 데이트를 할 때,
그때 그 느낌.

신나는 감정이 그대로 드러나면 안 돼.
하지만 뭔가 좋은 느낌이라,
자꾸자꾸
다시 또 만나고 싶은 그 느낌.

방송은, 그 느낌이야.

...전인석 아나운서

눈물,
그 뜨거움의 실체

방송에서 주책없이 눈물을 흘렸다. 원래 눈물이 많은 편이라 생방송 중에도 어금니 꽉 깨무는 일이 다반사인데, 방송 중에 펑펑 우는 건 참으로 오랜만의 일이었다. 나를 울린 프로그램은 〈출발 드림팀〉.

어린 시절, 체육복 차림이 더 친근한 연예인들이 경기를 시작하면 내 손에 바통이 쥐어진 듯, 함께 긴장하며 재미있게 보았던 기억이 있다. 그러나 그냥 보는 것과 직접 뛰는 것은 확실히 느낌이 다르다.

처음 "드림팀 작가입니다" 하고 섭외 전화를 받았을 때는 어떻게 하면 요리조리 빠져나갈 수 있을지부터 고민했으니 말이다. 나름 열심히 고민하고 출연자 명단을 구성했을 터, 제작진들이 힘 빠지지 않게 완곡하게 거절하려면 '정말 즐겨보고 있어요'라는 말부터 시작해야겠구나 생각하며 최대한 친절하게 응답을 했다. 서른이 되니 몸이 예전 같지 않다는 너스레도 잊지 않았다.

"걱정 마세요. 이번 종목은 체력이 좋지 않아도 상관없어요. 양궁이거든요."

"네? 양궁이요?"

얼마 전, 집 앞 조깅코스를 걷다가 발견한 국궁장. 친구와 함께 '우리, "양궁이나 배워볼까?" 했었는데 뜻밖의 제안에 귀가 솔깃했다.

"커플 대항전인데 우선 팀부터 짜고 2주간 연습 시간은 따로 드려요. 최고의 감독님들한테 직접 배울 수 있는 좋은 기회니까 꼭 같이 해요."

마치 대단히 좋은 조건의 물건을 소개하는 쇼 호스트라도 된 양, 작가는 상냥하게 나를 설득하기 시작했다. 마감임박! 어느새 나는 곧 '구매' 버튼을 누를 기세로 흥미롭게 그 이야기를 듣고 있었다.

"와아, 좋아요! 꼭 한번 배워보고 싶었는데 재밌겠네요."

그렇게 참여하게 된 양궁 드림팀. 나의 파트너는 '만능 스포츠맨'으로 소문이 난 탤런트 이상인 씨였다. 녹화 첫날, 난생 처음 당겨본 화살. 진행자는 '드림팀 최초로 살인(?)이 날 뻔했다'며 나를 놀려댔다. 내가 쏜 두 발의 화살이 모두 과녁을 벗어나 방호벽에 꽂혀버렸기 때문이다. 더블 빵점. 그러나 2주의 시간이 있으니, 반드시 역전의 드라마를 써보겠노라고 파트너와 함께 V자를 그렸다.

그러나 2주는 내게 쉽지 않았다. 매일 진행되는 두 시간 생방송에, 녹화, 더빙, 녹음, 주말 근무. 게다가 연습장은 경기도 수원에 있는 터라 자주 갈 수조차 없었다. 그런데 안 갈 수가 없다. 연습에만 집중하라며 엉뚱한 데 꽂힌 나의 화살을 뽑아다 주던 나의 짝꿍을 비롯해, 자세 하나하나는 물론 마음까지 다독여주던 바르셀로나의 금메달리스트 이은경 감독님, 본인들의 연습을 하다가도 우리가 오면 몸을 녹이라며 따뜻한 커피를 타다 주던 경기체고 양궁 선수들이 아른거렸기 때문이다. 뿐만 아니다. 수원 오빠라 부른 경기체고의 터프가이 감독님은 포도즙부터 김치찌개, 쌀국수까지 직접 챙겨주시며 온갖 정을 쏟아부어 주셨다. 말없이 화살촉을 손봐주셨던 조 코치님, 경기 날 직접 샌드위치까지 챙겨주셨던 최 코치님. '혹시 도핑에 걸리면 어쩌지?' 웃으며 건네주신 청심환까지.

방송이라는 것이 아무래도 보여지는 것이다 보니 표면적인 인간관계들이 생겨나게 마련인데 스포츠라는 정직한 인연으로 만난 사람들이라 그런지 달라도 뭔가 달랐다. 정말 오랜만에 무언가 도전한다는 것에, 모두의 조건 없는 응원을 받고 있다는 것에 가슴이 뛰기 시작했다.

가슴이 뛴다는 것. 정말 오랜만에 느끼는 기분이었다. 예전에는 마이크 앞에만 서도 콩닥콩닥 거렸는데⋯⋯. 뭔가에 취한 듯 매일 같은 길을 걷는 단조로움 속에서 이미 지쳤다는 것조차 느끼지 못할 만큼 심장이 굳어가고 있었음을 그때까지는 몰랐다. 긴장이 사라지는 만큼 감동도 사라지게 된다는 인생의 함정에 빠졌던 걸까? 성격상 승부욕이 강하지도 않고, 욕심이 많지도 않지만 참으로 오랜만에 무언가에 도전한다는 것에서 설렘을 느꼈다.

양궁은 정말 정직한 스포츠였다. 손가락의 위치, 어깨와 팔의 각도, 조준점의 초점. 그 어느 것 하나라도 흐트러져 있다면 공들인 시간만큼의 결과가 나오지 않는 법이다. 바로 직전에 10점 과녁을 맞혔더라도 순간의 냉정을 잃는다면 완전히 과녁을 벗어날 수밖에 없는, 어찌 보면 에누리없는 잔인한 경기였다.

우리 인생과 어쩜 이리도 닮았을까. 당기는 힘이 아무리 강해도 초점이 어긋나 있으면 엄한데 가서 꽂히고, 모든 것이 완벽하게 스탠바이 되었다 믿어도 반대쪽 눈을 감아버리면 화살촉은 완전히 다른 방향을 향한다.

그렇게 턱과 팔, 손가락의 힘을 길러가며 이쯤이면 됐다고 느낄 때즈음 경기가 시작됐다. 그러나 이게 웬걸. 연습 때는 만점 과녁도 곧잘 쐈는데 계속해서 과녁 왼편으로만 향하는 원망스런 나의 화살들. 고동치는 심장은 심호흡을 몇 번씩이나 해도 괜찮아지질 않았다. '괜찮아. 여기가 뭐, 올림픽 무대도 아니고 그냥 출연료나 받고 가면 되는 건데……. 아, 왜 이리 눈물이 나는 거지?'

허무하게 경기를 마치고 쏟아지기 시작한 눈물은 짝꿍 잘못 만나 우승을 놓친 파트너에 대한 미안함으로 한동안 그칠 줄을 몰랐다. 마음을 주었던 이들에 대한 미안함, 투자했던 시간에 대한 배신감 그리고 참으로 오랜만에 느낀 도전에 대한 실패감. 그때를 생각하면 지금도 얼굴이 화끈거려 부끄럽기만 하다. 그러나 그 또한 참 다행이다. 실패할 도전거리가 아직 인생에 있다는 것. 눈물을 쏟을 만큼 정성을 들일 대상이 있다는 것. 그것이 얼마나 가슴 뛰는 일인가. 오랜만에 흘린 나의 눈물은 여전히 내가 살아 있다는 증거, 그 이상이었다.

잡초같이

나는 가끔 집 앞 공원을 걷는다. 탄천을 따라 산책로가 길게 조성되어 있어 찬찬히 걷기에 참 좋은 코스다. 걷다 보면 꽤 다양한 모습의 사람들을 만난다. 같은 시간, 다른 목적으로 그 길을 걷는 사람들. 그들은 뛰기도 걷기도 하며, 앉기도 쉬기도 한다.

나는 혼자서 여러 가지 상상을 하며 웃어본다. 저들은 어떤 결심으로 이 길을 걷고 있을까. 옆에 함께 걷고 있는 사람과는 어떤 이야기들을 나누고 있을까. 그러다가 공원 한 켠에서 풀을 골라 뽑아내는 할머니 한 분을 보게 되었다.

봄 향기 짙은 너른 풀밭, 예쁜 꽃들 사이사이에서 '잡초'라 불리는 풀. 이름도 없는 그 풀이 왜 그렇게 뽑혀야만 하는지 문득 골똘히 생각하게 되었다. 꽃의 생명이나 잡초의 생명이나 그 가치는 매한가지인데 이 땅에서 생명을 부여받아 이미 존재하는 삶을 누가, 어떻게, 무슨 이유로 박탈할 수 있을까. 누가 함부로 그 삶을 '어떻다' 평가할 수 있을까. 머릿속에 온갖 물음표들이 그려졌다.

잡초(雜草).

백과사전에는 '빈터에서 자라며 생활에 큰 도움이 되지 못하는 풀'이라 정의되어 있다.

똑같은 땅에서 똑같은 햇빛과 물을 먹고 자라는데 왜 어떤 것은 잡초고 어떤 것은 알곡이 되었을까. 열매 맺지 못하게 이미 결정되어 세상에 나온 잡초. 그러나 이미 결정되어 난 것에 대해, 결코 처음부터 내가 선택할 수 없었던 것에 대해, 누가 함부로 그 가치를 말할 수 있을까? 내가 가진 것을 그가 갖지 못했다 하여 그의 삶이 나보다 못하다 할 수 없듯, 잡초의 가치가 알곡보다 덜하다고 함부로 평가할 수는 없는 것 아닐까?

언젠가 조개구이가 먹고 싶다는 내게 한 선배는 말했다.

"야, 조개구이가 뭐냐, 바닷가재 정도는 되어야지."

그러나 조개구이와 바닷가재는 뭐가 다를까. 맛이야 사람 취향이고, 다른 점이라면 기껏해야 가격 정도일 텐데, 가격이라는 것은 나중에 사람들이 붙인 것이니 그것으로는 그들의 가치를 함부로 매길 수 없는 노릇. 나중에 매겨진 가치로 태생의 가치를 손상시켜서는 안 될 일이다. 메뉴판 가격이 아니라, 그 맛을 먼저 상상하는 나의 선택은 언제고 바닷가재보다는 조개구이다. 망치로 깨먹는 고급요리보다 연탄에 지글지글 올려먹는 조개구이가 더 좋은, 잡초같은 내 취향을 누가 '값싸다' 쉽게 이야기할 수 있을까.

예전에 진행한 프로그램에 출연했던 리포터 조문식 씨는 전국 어딜 가도 '머슴' 취급을 받는다. '바다 사나이'로 매주 전국 각지를 돌며

험한 바다일과 고된 어부 생활을 취재해 오는데, 함께 간 PD의 말을 빌리자면 이분은 배를 타고 '방송'을 하는 게 아니라 진짜 '일'을 한다고 한다. 그래서 VCR을 찍어오기 쉽지 않다는 요지의 우스갯소리였지만 나는 그것이 오히려 그분의 경쟁력이라 생각한다.

쉰이 넘은 나이지만 길가다 마주치는 사람들은 모두 '문식아~'하고 언제나 그분의 이름을 부른다. 그러나 마치 동생 부르듯 아는 척을 하는 행인에게도 미소를 잃지 않는 여유. 방송에 출연하는 사람이라면 응당 어느 정도 '있는 척'은 하고 싶을 텐데도 그분은 '네! 형님' 하며 처음 보는 행인의 인사를 꾸벅 받아준다. 그분은 30년 방송 생활을 '잡초같이 살았다' 했다. 그러나 뽀얗게, 예쁘게 메이크업하지 않은 그분의 삶은 언제 봐도 누구보다 빛이 난다.

잡초(雜草).

국어사전에는 '가꾸지 않아도 저절로 나서 자라는 여러 가지 풀'이라 정의되어 있다. 그래. 잡초의 경쟁력은 '열매의 유무'가 아니다. 열매를 맺지 못한다는 것은 이미 운명적으로 정해진 것이니 그것으로는 잡초를 이야기할 수 없다. 가꾸지 않아도 자라는 끈질긴 생명력, 돌보지 않아도 퍼져 나가는 무서운 번식력. 나는 그것을 잡초의 '삶에 대한 열정, 가치'라 생각한다. 견뎌낼 일이 많은 이 고된 삶 속에서 잡초는 알곡보다 분명 더 강할 수 있다.

뽀얗게 화장을 하고 화려한 무대 위에 서 있으면서도 나는 늘 마음속으로 다짐한다.

거친 세상으로 들어가 언제고 '잡초같이' 살 거라고.

이미 결정되어 난 것에 대해,
결코 처음부터 내가 선택할 수 없었던 것에 대해,
누가 함부로 그 가치를 말할 수 있을까?

웃음병,
그 진단과 치료법

입사 후 보도국에서 교차 연수를 받을 때였다. 일종의 신입 기자 체험으로, 일본식으로 '사쓰마와리'라고도 불리는 일주일 간의 경찰 기자 교육이었다. 밤새 관할 구역 내의 경찰서를 돌며 발생 사건을 수집하는데, 말이 교육이지 소위 '깨지고 혼나는' 서러운 시간이다. 그런데 일과를 마치고 잔뜩 긴장한 채 들어간 사무실에서 당시 나의 1진이었던 기자 선배가 이런 말을 했다.

"야, 넌 뭐가 그리 싱글벙글이냐? 네가 보기엔 여기가 웃을 일 있는 곳처럼 보이냐?"

아, 죄송해요! 웃는다고 혼나기는 처음이었다.

입사 2년차쯤 이었던가? 아나운서실의 한 선배가 내게 다가와 호통을 쳤다.

"야 인마, 넌 왜 그렇게 방송에서 자꾸 웃냐? 신입이 좀 긴장하는 맛이 있어야지. 넌 너무 허허실실 웃어대니 할머니 같잖아. 아나운서가 도도한 매력도 좀 있어야 하는 건데, 널 보면 TV에서 튀어나와 막 얼싸안아줄 것 같단 말이야. 좀 자제해 봐."

웃는 게 내게 독이 될 수 있음을, 처음 생각했다.

입사 7년차. 언젠가부터 사람들은 나를 '미소가 좋은 아나운서'라 부른다. 그러나 웬걸? 나는 본래, 참 못 웃는 사람이었다. 중학교 시절, 〈1과 1/2〉이라는 노래를 불렀던 투투라는 인기그룹이 있었다. 그때 여자 멤버의 '무표정'이 꽤 인기를 끌었는데 평소 잘 안 웃는 나를 보고 친구들은 그 여자 가수를 닮았다고 했다.

감정을 표정에 담지 않다 보니 몇 가지 편한 점은 있었다. 일단 뭐, 변명할 필요가 없다. 기뻐도 슬퍼도 티가 나지 않는 탓에 항상 강인한 사람으로 평가받았다. 그래서 누군가 나를 특별히 미워하는 사람이 있어도 그 사람은 내게 쉽게 시비를 걸지 않았다. 미움보다 무서운 건 무관심이라 하는데, 누가 뭐라 해도 무반응인 나를 친구들은 조금 어려워했던 것 같다.

그러던 어느 날, 친하다 생각했던 한 친구가 내게 울상을 지으며 말했다.

"널 잘 모르겠어. 굉장히 친한 것 같다가도 어떨 때 보면 참 멀게 느껴지고. 네 울타리에 들어가기가 쉽지 않아. 너는 왜 거기서 도통 나오질 않니?"

띵! 머리를 한 대 맞은 기분이었다. 표현하지 않으면 드러나지 않는다는 걸 나는 그때 깨달았다.

그렇다면 많은 이들이 묻고 싶을 거다. "그럼 언제부터 웃었나요? 당신을 다시 웃게 한 사건은 뭔가요? 그렇다면 전보다 조금 더 행복해진 건가요?" 명확한 대답을 할 수 있다면 참 좋을 텐데, 사실은 나도 아직 그 답을 찾는 중이다. 다만 언제부턴가 누군가 나로 인해 행복해졌으면 좋겠다고 생각하기 시작했다. 내가 웃을 때 따라 웃는 사람들을 보며, 나도 참 행복해지고 싶었다.

그런데 요즘의 나는 내가 봐도 참 과하게 웃는다. 어떤 날은 너무웃어서 광대뼈 언저리가 저릴 정도다. 방송을 하면서는 더 그렇게 된것 같다. 기뻐도 웃고 슬퍼도 웃는다. 슬퍼도 웃는다? 누군가는 그럼가식이냐 할 수도 있겠지만, 내게는 가식이 아니라 질병이다. 웃음병.일종의 직업병이다.

밤새 끊이지 않는 고민으로 한숨도 못 자고 엉엉 울다 출근했던 어느 아침, 티 내지 말아야지 하고 있는데 한 선배가 내게 신기한 듯 물었다.

"지애 씨는 뭐가 항상 그렇게 신이 나요?"

분명 억지로 웃은 건 아니었는데, 어느새 내가 웃고 있었나 보다.마음속으로 '실행' 버튼만 꾸욱 누르면, 어느 순간 나의 '無 표정'은이미 미소가 되어 있었다. 다시 말하면, 미소조차도 내 감정을 표현하는 수단은 아니었다는 것이다. 하지만 그렇게 병적으로 웃으며 방송한 날은 어김없이 시청자들이 눈치를 챈다. 웃고 있어도 우는 마음을,사람들은 놀랍게도 읽어낸다.

하루는 엄마가 싱긋 웃으며 내게 물으셨다.

"지애야, 아랫집 아줌마가 너 평소에도 그렇게 많이 웃는지 묻는데뭐라 그럴까? 솔직히 말해도 돼?"

참 죄송했다. 내가 가장 못 웃어드리는 분, 내 미운 표정을 제일 많이 보는 분이 우리 엄마니까. 그러나 웃음병의 부작용에 대해 엄마는 이미 알고 계셨다.

"괜찮아. 밖에서 늘 쌩글쌩글 웃어야 하는데, 우리 딸 엄마 앞에서 나 짜증 부리지 어디서 그러겠어?"

평소 내 진짜 표정이 무얼까. 마음이 웃지 못했던 날, 나는 참 많이 반성했다.

웃음병에 걸린 내게 가끔 사람들이 눈을 동그랗게 뜨고 묻는다. 어떻게 하면 그렇게 예쁘게 웃을 수 있느냐고. 그러면 나는 또 잘난 척하며 대답한다.

"예쁘게 웃으려면 입술보다 눈이 웃어야 해요. 그리고 눈이 웃기 위해서는 마음이 먼저 웃어야 하지요."

알약 한두 개 먹고 낫는 일이라면 참 좋으련만. 언제나 진심을 담는다는 것은 참 어려운 일이다. 그러나 어쩌면 나는 이미 병의 원인과 부작용, 심지어 처방과 치료법까지 알고 있을지도 모르겠다. 그렇다면 이제 스스로 치료할 수 있는 거겠지? 하루를 시작할 때마다 마음속에 빼놓지 않고 되새겨본다.

'오늘 하루, 온 마음으로 웃기!'

진짜 미소

무언가를 정의하기에
순간의 시간은 너무도 짧다.

어느 정도의 시간이 더 흘러야만
비로소 미소 짓게 되는 추억들.

.

.

당시엔 모른다.
그때는 지금보다 분명 어렸고, 너무나 분주했으니까.

요란한 시간들이 모두 지난 후
'비로소' 짓게 되는 미소,

그 미소가 '진짜' 아닐까.

퐁당
셋

취중농담

그땐 미처 알지 못했던 이야기들

하지만 그 모든 인연을 끌고 갈 수 없는 것이 인생이 아니던가. 적어도 나는 매순간 사랑 앞에 뜨거워지기도, 차가워지기도 하면서 그렇게 스스로 온도조절하는 법을 배웠다. 그러므로 지나가버린 사랑은 후회할 필요도, 원망할 필요도 없다. 그 시절 우리는 죽을 둥 살 둥 했지만 결국 공통의 답을 찾아낼 수 없었고, 답이 없었으니 서로를 포기할 수밖에 없었으며, 그렇게 돌이킬 수 없는 강을 이미 한참이나 건너왔으니 말이다.

고춧가루는
조심해 주세요

"어제 데이트 어땠어? 고백은 했어?"

한껏 기대하며 물었는데 그녀, 웬일인지 시무룩하다.

"아니요. 막상 얘기해 보니 생각보다 별로더라고요."

스무 살 그녀가 사랑에 빠졌다. 한 주 걸러 만나는 그에게 조심스레 속마음을 표현하는 중이다.

"언니, 근데 이건 무슨 뜻으로 한 말일까요?"

기대 가득한 눈으로 그녀는, 이따금 그와 나눈 문자메시지를 슬쩍 보여준다. 딱히 별 얘기도 아니지만, 따지고 보면 전혀 의미 없지도 않은 이야기. 밤새 그 문구를 곱씹었을 그녀의 마음이 올망졸망 참 귀엽다. 누군가는 '분명 관심이다', 또다른 누군가는 '오버 말라' 하겠지만 대부분의 사랑은 시나브로, 그렇게 아리송하게 시작되지 않던가.

"이 남자도 절 좋아하는 거 맞을까요?"

그러나 상대의 마음에 대해 확신을 갖지 못하던 그녀는 그와의 첫 번째 데이트 이후 오히려 자기 확신을 내려놓고 말았다. 가슴 졸이며 기다렸을 그 만남에서 그리도 쉽게 돌아서버린 이유가 궁금했다. 그런데 이유는 생각보다 단순했다.

"그게 말이에요. 하얀 이에 고춧가루가 떡하니 끼어 있더라고요."

에게, 그게 뭐야. 겨우 그 이유로? 그러나 예전 같으면 뭐 그 정도를 가지고 그러느냐고 타박했을 그 이유가, 서른의 나는 왠지 납득이 간다. 그 사람의 모습은 그 사람의 태도를 나타내는 거니까.

"길에서 10분이나 기다렸어요. 미리 나와 있길 바랐는데 그것부터가 좀 실망이었죠. 뭐, 바빴나 보다 했어요. 근데 헐레벌떡 달려온 오빠가 씨익 웃는데 치아 정중앙에 고춧가루가 떡하니 끼어 있는 거예요. 어휴, 가만 보니 입 냄새도 살짝 나는 것 같고."

'에이, 위염 때문에 속이 쓰려도 구취는 생겨'라고 얘기해 주고 싶었지만, 이미 마음이 돌아선 그녀의 문제는 거기서 그치지 않았다.

"나는 한껏 차려입고 며칠 전부터 잔뜩 기대하며 나갔는데, 이 사람은 나와 처음 만나는 자리에 양치할 시간도 없었나 생각하니 정이 뚝 떨어지더라고요."

만남의 뒷이야기를 주욱 들어보니 사실 이유는 그뿐이 아니었다. 직장생활에 대해 툴툴거리는 생각보다 듬직하지 못한 모습, 휴대전화에서 슬쩍 보게 된 낯선 여자'들'과의 사진, 기대보다 못했던 매너. 가까이서 본 그의 모든 것이 기대만큼 그녀 마음을 채우지 못했단다.

불과 며칠 전까지만 해도 그의 메시지를 몇 번씩이나 들여다보던 그녀의 모습이 생각나 '풉' 하고 웃음이 나왔다. 결국 그녀의 짝사랑은 거기서 끝이 났다. 조금 씁쓸했다. 사랑, 그거 별거 아니구먼. 고춧가루 한 방에 무너지다니.

하지만 우리 모두가 알듯 사랑의 문제는 그리 단순하지 않다. 사랑에 흠뻑 빠져 있는 연인들이라면 서로의 눈곱도 떼어주고 귀도 후벼준다고 하지 않던가. 내가 아는 어떤 이는 그녀의 감지 않은 머리 윤기까지도 사랑한다고 했다. 내가 보니 그냥 기름기더구만…….

이 정도면 곁에서 보는 이들은 무슨 민폐 원숭이 커플이냐며 짜증을 부릴 테지만, 상대의 흠까지도 사랑하는 것이 진정한 사랑이라고 우리들의 연애학 서문에서는 여지없이 사랑을 정의한다.

그렇다면 스무 살 그녀의 사랑은 사랑이 아니었을까. 어쩌면 그것은 사랑이 아니라 상황과 신뢰의 문제인 것 같다. 만약 그녀가 그에 대한 완벽한 신뢰를 가지고 그를 기다렸다면, 그가 만남 전에 양치질을 할 여유조차 없을 만큼 바빴을 거라고 생각했을 것이다. 오히려 양치질할 시간을 아껴 그녀에게 달려온 정성을 더 고마워했을지도 모른다. 하지만 그와 그녀 사이에는 아직 그러한 신뢰가 생길 틈이 없었다. 그래서 그렇게 사랑은 시작도 되기 전에 종말을 고했던 것이다.

대학 시절, 반바지에 슬리퍼를 신고 와 발표수업을 진행하던 학생에게 발표 내용과 관계없이 점수를 많이 줄 수 없다고 하신 교수님이 계셨다. 요즘 같은 시대에 복장과 발표가 무슨 상관이 있는지 당시엔 솔직히 이해할 수가 없었다. 하지만 지금 생각해 보니 그것은 자세와 태도의 문제였다. 그렇게 '모습'은 그 사람의 '태도'를 대변하는 것이다.

개학 전날 밤 연필을 깎아 가지런히 필통에 넣어두던 초등학생의 의젓함, 첫 휴가를 앞두고 바지 각을 세워 다림질을 하던 이등병의 설렘, 면접날 신을 구두를 정성스레 닦던 사회초년생의 긴장감. 우리는 그때 그 모습만으로도 당시의 자세를 기억하게 된다. 내게 소중한 처음 그 순간, 그리고 누군가에게는 영원히 각인될 나의 첫 모습. 집을 나서기 전에 한 번씩 더 들여다봐야겠다. 혹시 나의 진가를 가릴 '고춧가루'는 없는지.

상처는
아픔을 기억해

"선배님, 저 소개팅시켜 주세요!"

예뻐하는 후배가 쌩글거리며 말한다. 진심인지는 모르겠으나, 이 친구 요즘 외롭단다.

"그래? 어떤 사람이 좋은데?"

"음, 다른 건 필요 없고 거짓말 안 하는 사람이요."

"응? 왜 하필? 언제 거짓말하는 사람한테 당한 적 있어?"

"아니 뭐, 꼭 그런 건 아니고요. 그냥요."

후배는 더 이상의 자세한 얘기는 하지 않았다. 하지만 '지독한 거짓말에 속 꽤나 썩었던가 보네' 하는 정도의 추측은 할 수 있었다.

프로이트는 무의식중에 사람의 진심이 드러난다고 했다. 하물며 의식적으로 거부하는 것에 이유가 없을 리 없다. 한번쯤 아픔을 겪어본 사람이라면 그가 무심코 내뱉은 한마디에도 어떠한 메시지가 담겨 있게 마련이다. 이를테면 그 사람이 진저리치는 예전 연애사라든지 누구에게도 말 못할 인생의 비화 같은 것들 말이다.

'알아, 나도 그랬었어……' 설명은 할 수 없어도 왠지 이해는 할 수 있을 것만 같은 비슷한 모양의 상처들. 시간이 흘러 더 이상 아프진 않지만 몹쓸 흉터로 남아버린 그 상처 때문에 이따금 떠올리게 되는 짙은 아픔이라는 게, 누구에게나 있다. 그러므로 무심결에 던진 그녀의 한마디는 '더 이상의 아픔은 노 땡큐! 절대! 절대 사절!'이라고 하는 일종의 선포일는지도 모른다. 어느 밤 남몰래 상처를 쓰다듬으며 눈물지었을, 숨죽인 아우성 같은 것.

스무 살, 그렇게 울었던 이유

학창시절, 나는 꼭 첫사랑과 결혼을 하리라 다짐했었다.

'어떠한 아픔의 흔적도 없는 상태. 이전 사랑에 대한 추억이나 쓰린 기억 없이 평생 단 한 사람만을 사랑할 수 있다면 얼마나 행복할까.'

그만큼 나의 첫사랑이 될 상대는 신중하게 골라야만 했다. 초·중·고 12년간 남녀공학, 남녀합반의 축복받은(?) 학교를 다녔지만 그러한 사정 탓에 가슴속에 은장도라도 품은 듯 연애만큼은 절대 하지 않았다. 하고 싶지만 하지 않았고 할 수 있었지만 애써 거부했던 건, 조금 엉뚱하긴 해도 애어른이 다 된 조숙했던 소녀 나름의 확고한 신념 때문이었다.

물론 몇 차례 위기(?)가 있긴 했다. 고1 때 남몰래 좋아하던 선배가 영화를 보자고 했던 날, 대학교에 가서 예쁘게 연애를 하고 말 거라는 신념이 깨질까 봐 짝사랑 주제에 거절을 했다. 고2 때 잠깐 좋아했던 친구는 성당에서 결혼하는 게 꿈이라는 말에 바로 단념했다. 아무리 봐도 엄마가 허락을 안 해주실 것 같아서.

대학에 들어가면 미소가 아름다운 반듯한 사람과 만나 손잡고 도서관에 공부하러 다니고, 집에 와서 같이 떡볶이도 만들어 먹으며 예쁘게 사랑해야지 했는데, 저런! 나는 여대에 진학하고 말았다.

친구들이 미팅에 다녀온 이야기를 해주며 함께 가자고 했지만 그게 왜 그리 유치하게 느껴졌는지. 체질적으로 그렇게 목적이 뻔한 만남은 참 싫었다. 그때부터 지금까지 소개팅, 미팅은 단 한 번도 해보지 않았다.

지금 생각해 보면 경험상 몇 번 해봤어도 좋았을 걸 싶기도 하지만, 적어도 누군가 TV를 보며 '과거에 내가 쟤랑 소개팅을 했네' 하는 얘기는 나올 일이 없으니 이제 와 참 잘한 일이라는 위로를 하긴 한다. (그럼에도 이따금 내 친구의, 친구의, 오빠의 대학 동기의 사촌 동생이라는 사람이 나랑 소개팅을 했다는 소문이 들려오긴 했지만.)

그러다 대학 1학년 어느 봄, 파란 니트를 접어 입은 모습이 참 좋았던 한 사람을 만났다. 무얼 해도 진지했던 그 사람은 참 똑똑했고 모든 일에 정열적이었다. 그러나 열정과 욕심이 많았기에 언제나 조급했고 모든 것에 극단적이었다. '이것 아니면 죽겠다' 하는 삶에 대한 투지는 대부분 그를 빛나게 했지만 때론 바로 곁에 있는 사람을 숨 막히게도 했다.

사랑과 집착은 한끝 차이라 하지 않았던가. 끔찍이도 나를 아껴주었건만 나 때문에 죽겠다는 사람이라면 훗날 나 아닌 다른 어려움 앞에도 죽겠다고 나설 것만 같아 결국 그에게서 돌아서야 했다.

연인끼리 사랑한 만큼 싸우기도 하고, 그러다 헤어지기도 하는 것이 자연스러운 일일진대 첫사랑에 대한 환상과 계획이 가득했던 스무살의 내게, 이별은 실로 엄청난 충격이었다. 그 이후 한동안 사랑이란 건 절대 아무나 해서는 안 되는 것이라 생각하며 견디기 힘들만큼 우울한 시간을 보냈다.

그토록 근사했던 사람이 내 안에서 조금씩 조금씩 결국 그렇게 처절하게 무너져가는 것을 보며 나는 그때 정말 많이 울었던 것 같다. 신념이 깨진 데 대한 억울함 때문이 아니었다. 기억해야 할 아픔이 상처로 남았기 때문이었다. 내게도, 그리고 그 사람에게도.

상처받기 안전모드

침묵시위랄까. 나는 분노의 대상도, 그리고 그 이유도 알지 못한 채 한동안 그렇게 세상에 입을 닫았다. 사랑이라는 주제만큼은 잘난 척 나서서 말할 자신이 없었다. 그사이 조심스레 다가오는 사람이 몇몇 있긴 했지만 더 이상 상처받을 자신이 없었기에 언제나 감정이라는 그물 앞에 주춤거렸다.

걸리면 죽는 그 '감정'이라고 하는 것을, 나는 도통 믿을 수가 없었다. 나의 가슴은 온통 블랙이었다. 문제가 생기면 자동으로 넘어가는 블랙화면의 안전모드처럼 최소한의 감정만 가동하여 내 안의 프로그램들을 지켜내기 위해 삐걱삐걱 움직였다. 그렇게 하면 적어도 악성코드로부터는 벗어날 수 있었으니, 그걸로 족했다.

그때 내 마음에 들어온 햇살 같은 사람. 그는 예술을 사랑했고, 마음에 온통 긍정과 여유가 가득했다. 그와 함께 있을 때면 나는 항상 까르르 웃었다. 삶 속에 다시 행복이란 게 찾아올까 자신이 없었는데, 그는 병든 나를 치료해 주는 119 백신 같았다. 삐뽀삐뽀 다급히 달려왔지만 늘 여유가 넘쳤던 사람. 매순간 긴장해 있던 이전 사람과 완전히 다른, 지구 반대편 대척점의 사람이었다. 그는 내가 꿈꾸는 시간 동안 언제나 그 꿈과 함께해 주었다. 그 때문에 울다가도 금세 그쳤고, 지쳤던 순간에도 일어설 수 있었다. 그러나 슬프게도 그는 내가 꿈을 이룸과 거의 동시에 물거품처럼 사라져버렸다.

나는 너무나 빠르게 변해갔고, 그는 언제나 제자리였다. 가끔은 답답하다 느껴질 만큼 너무나 똑같은 자리 그대로였다. 어느 날 보니 이제는 그가 내게 안전모드를 구동 중이었다. 변해버린 내가 많이 낯설었을 테지. 그와 나는 이미 너무나 다른 세계의 사람이 되어 있었다. 그가 내게 그래주었듯 나 역시 그가 꿈꾸는 시간에 함께 있어주고 싶었지만, 이미 그는 그것을 원치 않았고 나는 더 이상 그렇게 할 수 없는 사람이 되어 있었다. '절대적 신뢰관계.' 내가 그를 부르는 이름이었다. 그러나 '절대적'이라는 말은 그 의미를 잃고 그렇게 부서져버렸다.

샌드백

연신 두들겨 맞기만 한 사랑도 있었다. 사랑은 희생이라 믿었건만 아무것도 희생하지 않으려 했던 한 사람. 내가 할 수 있는 것이란 정말이지 도망치는 것 외에는 아무것도 없었다. 그렇기에 그건 애초부터 불공정한 게임이었다. 그럼 약속이나 말지, 그렇게 붙들지나 말지. 단 하나의 약속을 지키지 못함으로써 결국 아무것도 지켜내지 못했던 시간들은 벼랑 끝에 다다라서야 그 실체를 볼 수 있었다. 풀리지 않은 오해를 그대로 오해로 남겨둔 채 KO 직전 맷집만 커져서는, 그렇게 허망하게 뒤돌아 나온 사랑도 있었다.

알아, 너도 힘들었겠지. 너도 나만큼 아팠겠지. 그런데 그거 아니? 내가 진짜 슬펐던 것은 더 이상 너와의 약속을 믿을 수 없게 되었다는 사실이었어.

사랑, 그럼에도 계속되어야 할

이렇게 글로 몇 줄 적고 나니 사랑의 문제가 지나치게 단순해져버렸다. 당시에는 분명 사느냐 죽느냐의 절박한 문제였고, 그와 나 사이의 문제는 단 하나의 명제로 정의할 수 있는 단순한 것이 아니었을 텐데 말이다.

그러나 이제 와서 지나간 사랑을 후회하거나, 미워하거나, 더 이상 원망하지 않는다. 그 시절 그 사람은 그 시간을 살아야 했던 내게 꼭 필요한 인연이었을 것이다. 그런 시간이 있었기에 지금의 내가 있고, 그런 아픔을 겪었기에 조금 더 단단해진 가슴으로 누군가를 다시 사랑할 수 있게 되었다.

분명 다행스러운 일인데, 다시 보니 조금 슬퍼진다. 이제 더 이상은 그를 애틋해하거나 그리워하지 않게 되었다는 뜻이므로. 한때 내 인생에 대부분이었던 인연들이 이렇게 스치는 추억담이 되어버렸다는 사실이 못내 씁쓸하다.

하지만 그 모든 인연을 끌고 갈 수 없는 것이 인생이 아니던가. 적어도 나는 매순간 사랑 앞에 뜨거워지기도, 차가워지기도 하면서 그렇게 스스로 온도조절하는 법을 배웠다. 그 과정 속에서 이별이라는 건 언제고 익숙해지지 않는 낯선 것이며, 눈물이라는 건 수도꼭지처럼 열었다 닫았다 조절할 수 없다는 것 또한 알게 되었다.

그러므로 지나가버린 사랑은 후회할 필요도, 원망할 필요도 없다. 그 시절 우리는 죽을 둥 살 둥 했지만 결국 공통의 답을 찾아낼 수 없었고, 답이 없었으니 서로를 포기할 수밖에 없었으며, 그렇게 돌이킬 수 없는 강을 이미 한참이나 건너왔으니 말이다.

그럼에도 사랑이 계속되어야 하는 것은 상처나 아픔보다 분명히 더 큰 힘을 발휘하기 때문이리라. 상처를 지우기 위해 새로운 사랑을 시작하고, 강도와 모양이 다른 상처를 환부 위에 다시금 새기게 된다 해도, 우리 모두는 아픔으로 기억될지 모르는 상처를 전제한 채 그렇게 또다시 사랑을 시작한다.

이만큼의 상처를 피하기 위해 딱 이만큼만 사랑하자는 주고받기 공식이 사랑에만큼은 적용되지 않는 것은, 사랑이라는 것의 힘이 그 이상으로 더 크기 때문일 것이다. 사랑 한번 못 해본 가슴보다는 처절한 그리움이라도 간직한 가슴이 더 따뜻할 것이며, 눈물 한 방울이라도 더 흘려본 촉촉한 눈이 건조하고 메마른 눈보다 더 아름답게 빛날 것이기 때문에. 그러므로 사랑은 아픈 가슴에 다시 피어오른다.

사랑, 조금 더 솔직해지기

옅어지긴 했지만 아직 지워지진 않았다. 애써 기억하려 하지 않을 뿐 완전히 잊지도 않았다. 오히려 새로운 사랑 앞에서 일부러 살짝 들춰내기도 했다. 나는 이렇게 살았네, 과거 이런 사랑을 했네……. 그렇게 지난 사랑에 대한 무용담을 나누며 새로운 사랑과 좀더 가까워지기도 한다.

사랑, 그 참을 수 없는 가벼움. 그러나 사랑 한번 못 해본 공허함보다야 사랑으로 가득 찬, 한없는 가벼움이 낫지 않든가. 더 이상 사랑 따윈 하지 않겠다고 다짐하다가도 두 번 다시 없을 운명적인 사랑을, 우린 또다시 꿈꾼다. 그렇게 우리는 아픈 가슴 위에 또다른 사랑을 시작한다.

연재소설

"우리 얘기는 그대로 옮겨 적으면 전부 소설이 될 거야."

너는 언젠가 꼭 소설가가 될 거라고 했지.

희극이기도 비극이기도 했던 우리 둘의 소설에는

꽃이 피었고, 나비가 날았고, 산들바람이 불었다.

너는 언제나 밝고 맑고 빛나는 주인공이었다.

너를 위해 나는 언제까지나 조연이고 싶었다.

그러나

우리의 소설은 결론도 맺지 못한 채

아주 시시하게 끝나버렸다.

너는 화가 났고,

나는 실망했다.

서로를 놓아주기로 결심했던 날,
너는 우리 둘의 소설을 엄마와 함께 갈기갈기 찢었다.
엄마는 허탈하게 말했다.

"나 참, 내가 여기 앉아서 왜 너랑 이러고 있는지 모르겠다."

그토록 눈물겨웠던 로맨스가
이렇게까지 아무것도 아닐 수 있음을
그제야 너는, 비로소 알아차렸다.

연재는 그렇게 끝이 났다.

사랑과 평화

사랑과 평화,
과연 그 두 가지가 하나의 마음에 존재할 수 있을까?

격렬히 하는 사랑은 마치 전쟁과 같아서
사랑이 짙은 마음속에는 평화가 깃들기 어렵다.
다만
타오르다 남은 잔불처럼, 피었다가 지는 꽃향기처럼
눈물로 지새운 밤이 모두 흩어진 아주 먼 훗날에야
은은한 미소가 평화롭게 남을 뿐.

그러고 보면
로맨스야말로 최고의 스릴러물이 아닐까.
너의 말 한마디에 씽긋 웃었고
너의 작은 행동 하나에 가슴을 쳤다.
온 마음으로 너의 행복을 빌던 내가

영혼을 팔아서라도 네가 불행해지기를 바랐다.

네가 미웠던 날이

너를 사랑했던 날만큼이나 숱하게 많았다.

그러나 그조차 사랑이었다는 것을

아주 나중에야 알았다.

연애를 하면서 동시에 지혜로워지는 것은 불가능한 걸까.

나의 사랑에는 아무런 이유가 없었고,

나의 아픔은 어떤 말로도 설명할 수 없었다.

우리들의 이야기에는 사랑과 질투, 감사와 원망이 공존했다.

너를 사랑한 모든 시간이 미소가 아니었듯

너를 미워한 모든 시간이 원망은 아니었다.

우린 그렇게 사랑이라는 전투에 함께 참전했고

장렬히, 전사했다.

너를 잃고 나서야,

그렇게 허망하게 보내고 나서야

사랑으로 격동하던 가슴에 소름끼치는 고요가 찾아왔다.

그런데 참 이상하지.

지독히도 조용한 평화로운 삶보다는

치열하게 아픈, 사랑하는 채로가 더 행복했다는 게.

맞춤형
대인 관계 서비스

그 사람 앞에서 나는 순한 양이 된다. 평소 그의 엄격하고 차가운 말투 때문이기도 하지만, 그 사람 앞에서의 실수는 다른 때보다 파급력이 훨씬 크기 때문이다. 그에게 한번 빵점을 받으면 회복이 어렵다. 그래서 그 앞에서는 언제나 자기검열이 필요하다. '딱 여기까지!' 뚜렷한 기준 속에서 대하는 그와의 만남에는 언제나 피상적인 대화뿐. 그 짧은 시간은 부담, 그 자체다.

그 사람 앞에서 나는 유난히 짜증이 심해진다. 잔뜩 뿔이 난 내 이야기를 다 들어주고 '너 진짜 힘들구나' 말없이 다독여줄 것임을 알기에, 그 앞에서만큼은 마음놓고 진상 짓을 한다. 묻지도 않은 말을 그에게 모조리 다 털어놓고는 '자, 이제 나를 위로해 봐!' 하는 식이다. 그 짜증이 그에게서 비롯된 것이 아님에도 그에게 말할 때는 온갖 감정이입을 한다. 그러나 그는 알까, 오직 그에게만 털어놓는 내 진심을.

그 사람 앞에서 나는 항상 공손하다. 평소 예의범절을 중시하는 그 사람은 인사할 때 내 고개의 각도까지 일일이 체크하는 듯하다. 아, 오늘은 0.7도 정도 덜 기울인 걸까. 그 사람은 심기가 불편한지 내게 또 시비다. 그래서 평소보다 더 밝게 웃어 보인다. 궁금하지도 않은 요즘 근황까지 물으면서. 그러나 벌써 안면근육에 경련이 난다. 아, 오늘도 역시 '썩소'다.

그 사람 앞에서 나는 항상 모드를 전환한다. 전환모드는 다름 아닌, 상처받기 모드. 어떤 독설을 쏘아댈지 모르기 때문에 늘 마음의 방패가 필요하다. 그 독설에 빗맞기라도 한 날은 기절 없이 '즉사(卽死)'다. 모두들 그냥 흘려들으라고 하지만 불행히도 내 귓속에는 '정화 필터'의 진화가 아직 덜 됐다. 그 사람 '특기란'에 내가 가서 매직으로 써주고 싶다. '상처주기 대마왕'.

그 사람 앞에 서면 나는 괜히 소름이 돋는다. 항상 끈적하게 사람을 아래위로 훑어본다는 느낌이랄까. 그의 시선을 따라가 은연중에 불쾌함을 전하기도 하지만, 그러다 눈이라도 마주치면 잽싸게 고개를 돌려버린다. 그의 느끼한 눈빛을 보면 알레르기 반응이 일어난다. 분명 악수하자고 손을 내미는데, 그와 살결이 닿으면 온몸이 쓰다듬(?) 당하는 느낌이다. 에잇! 역시 피하는 게 상책이다. 혹여 냄새라도 밸까 줄행랑을 친다.

그 사람 앞에서 나는 항상 불안하다. 전화는 서너 번 해야 겨우 받고, 약속에는 제시간에 나타나는 법이 없다. 무언가 부탁을 하면 마감 직전에야 '아, 맞다!' 건망증을 운운하고, 그럼에도 어찌나 당당한지 그럴싸한 변명에 가끔 속아넘어가기도 한다. 누군가의 험담을 농익게 잘하는 그는 어딘가에 가서 내 이야기도 이렇게 가볍게 해댈지 모른다. 그럼에도 참 이상하지? 어느 순간 그에게 속내를 털어놓는 나 자신을 발견한다. 간사한 그는 아마 악마의 오촌 형제쯤은 될 거다.

그 사람 앞에서 나는 천사다. 언제나 내 편을 자처하는 그 사람 앞에서는 좀처럼 화낼 일이 없다. 언제나 절대적인 내 편! 내가 무얼 해도 맞장구를 쳐주는 그 사람을 보면 가끔 미안한 생각이 든다. 그의 눈에 혹 콩깍지가 씌어 있는 거라면, 공업용 본드로 아예 고정을 해두고 싶은 심정이랄까. 그가 내게 실망하는 게 싫어서 나는 오늘도 마음 매무시를 가다듬는다. 내게 그가 천사기에 나도 그에게만큼은 천사가 되어주고 싶다.

내가 봐도 나는 만나는 사람의 성향에 따라 참 많이 바뀐다. 가끔은 진짜 내가 어떤 사람인지를 판단할 수 없을 만큼 상대에게 많이 맞춰주는 편이다. 상대방에게 맞춰주는 이유는 내가 자존심이 없거나 지나치게 착해서가 아니다. 그저 어떤 판단을 해야 할 때 그 방법이 가장 편하다. 괜한 오해를 받거나 상대가 나로 인해 불편해지는 상황이 싫다. 사람들은 그런 사람을 보통 '착하다, 성격 좋다' 한다. 그러나 가끔 궁금하다. 이 많은 사람들에게 진짜 나는 어떤 사람일까? 그들은 내 앞에서 어떻게 변하게 될까?

누군가는 나를 보고 귀엽다 했고, 누군가는 나를 무섭다 했다. 누군가는 내게 진지하고 어른스럽다고 하는 반면, 누군가는 언제나 발랄하고 명랑한 나를 기억한다. 그렇다면 혹시 나는 다중인격자? 사춘기 시절, 진짜 내 모습이 무얼까 고민하는 내게 선생님은 이런 답을 주셨다.

"걱정하지 마. 그 모습 그대로 모두가 그냥 '너'야."

그것이 정답임에도 사춘기 적 고민은 지금도 여전하다. 사람 좋은 사람으로 언제나 맞춤형 인간관계를 맺는 것이 나을까, 아니면 진짜 내 모습을 찾아 고집스럽게 밀어붙이는 편이 나을까.

서른쯤 되면 어떠어떠한 나로 자리매김하게 될 줄 알았는데, 나는 아직 옵션이 너무 많은 인간이다. 그 옵션에 따라 가격 차가 나는 사람이 될까 가끔 두려워진다. 그렇게 인간관계에 '핵'이 사라지고 '서비스 정신'만 남을까 걱정이 된다.

"사람들은 각자의 눈이 있으니까
한 쇼트에서 보고 싶은 것을 보면 된다.
나는 무엇을 보라고 강요하긴 싫다."
... 오손 웰스

난 가끔
무엇을 봐야 한다고 누군가가 정해줬음 좋겠어.
내 눈은 광각렌즈라
한꺼번에 너무 많은 피사체가 들어오거든.
아, 어지럽다.

마지막
만남

만남에는 여러 종류가 있다.

출근길 매일 그 시간 우연히 스치는 만남,
뱃속의 허기를 채우는 만남,
어설픈 사랑을 시작하는 만남,
부담스런 인연을 고민하는 만남,
아득바득 돈을 벌기 위한 만남,
흥청망청 돈을 쓰기 위한 만남,
쌓아둔 감사를 전하기 위한 만남,
저린 아픔을 위로해주기 위한 만남.

그리고
⋮
다시는,
너를 만나지 않기로 결정하는 만남.

150

발신번호
표시제한

밤 12시.

오늘도 전화벨이 울린다.

누군지 알 길 없는 낯선 전화를

너는 한 호흡 들이마신 채 조용히 받는다.

"여보세요."

그러나 그뿐, 너는 더 할 수 있는 말이 없다.

숨 막히는 침묵이 흐르고

너는 또 한 번 조금 전과는 다른 톤으로 말을 건넨다.

"여보……세요?"

그는, 역시

대답이 없다.

그 밤

그가 침묵 속에 건넨 이야기들을

너는 그저 묵묵히 듣고 있었다.

'알아, 알아, 알고 있었어.'

차마 그가, 단 한마디 하지 못한 말들을

너는 고요한 공기 속에서 모두 듣고 말았다.

대답하고픈 말이 참으로 많았건만

그는 끝내 묻지 않았고

너 역시 못 듣는 척

'여보세요. 여보세요? 여보세요!'

딱 세 번, 그를 부르고는

서럽게 수화기를 내려놓았다.

대화 없이 흐른 그와의 통화시간 15초.

어쩌면 그가 아닐지도 모를 그 전화에서

너는

네가 듣고픈 이야기만 골라 들었다.

그리고

전화를 끊고 나서야

비로소 그의 침묵에 나직이 답해본다.

"그래, 사실은 나도, 너처럼 그래."

뭉.딴.또

삼총사가 있었다. 뭉치, 딴지, 또리. 우리는 그날 밤, 서로의 별칭을 지어주며 밤새 수다를 떨었다. 백치미가 매력이라 놀렸던 '뭉치'는 조금 우유부단하긴 하지만 어떤 일에도 헤헤 웃어넘기는 착하고 순한 아이였다. 체형에 비해 엉덩이가 뭉실뭉실하다 해서 붙은 '뭉'에 백치미의 '치(痴)'를 더해, 우리는 그녀를 '뭉치'라 불렀다. 순둥이 뭉치는 별칭이 맘에 안 든다며 뾰로통했지만 '사고뭉치'라는 중의적인 의미도 있는 거라는 말에 곧 끄덕끄덕, 우리 셋은 모두 까르르 웃어버렸다. 뭉치. 강아지 이름 같긴 해도 참 귀여운 이름이다. 일단 만족!

'딴지'의 별명을 짓는 데도 그리 오랜 시간이 걸리지 않았다. 초등학교 때부터 깡말랐던 그녀는 다부진 체격에 단단한 몸매를 가지고 있다 해서 '딴', 잔머리 굴리는 지혜가 있다 해서 '지(智)'를 붙여주었다. 평소 친구들에게 잔소리가 심해 늘 딴죽을 거는 그녀에게 이 별명역시 정말 딱이라며 우리는 무릎을 쳤다. 그러나 내내 맞장구를 치던 뭉치가 갑자기 툴툴대기 시작한다.

"근데 난 왜 어리석을 '치'고, 앤 지혜로울 '지'야?"

"솔직히, 진짜 왠지 모르는 거니? 정말로?"

함께 해온 지 어느덧 10여 년. 그녀가 이유를 모를 리 없다.

"그런가……. 오케이! 잔머리도 지혜의 범주에 속한다면, 좋아! 인정!"

자, 그럼 이제 내 차례. 두 친구 별칭을 지어주느라 애썼는데, 스스로 지으려니 좀 민망하다.

"뭐야! 난 뭐 없어?"

"음, 글쎄……. 넌 똑똑하니까 똘똘이?"

"그게 뭐야, 그건 스머프 이름이잖아. 개성이 없어! 그리고 원칙적으로 자수 정도는 맞춰야지."

내가 붙여준 두 친구의 별칭에는 나름의 법칙이 있다. 첫 번째 글자는 외형을, 두 번째 글자는 성질을 묘사한다는 것. 옥편까지 찾아가며 한글창제의 심정으로 지은 건데, 똘똘이는 너무 시시하다. 자, 다시!

"외형묘사라…… 뭐가 있지? 키도 보통, 몸매도 보통. 별로 묘사할 게 없는데?"

으이구! 애들이 졸리기 시작하는구나.

"좋아. 그럼 'ㅣ'모음 운율 정도는 맞춰야 하니까 또리! 어때?"

혹시 '똘아이'로 잘못 들릴 수도 있지 않겠느냐는 우려도 있긴 했지만 콜! 대안이 없으니 그조차 받아들여야 하는 거라며 그 새벽 우리는 졸린 눈을 한 채 깔깔깔 웃어댔다. 뭉.딴.또! 우리만 아는, 우리끼리의 이름은 그렇게 탄생했다.

달랐기에 함께일 수 있었던

삼총사라고는 하지만 우리 셋은 정말 많이 달랐다. 취향이나 성격, 하는 일, 심지어 옷 입는 스타일까지도 완전히 딴판이었다. 그래서인지 우리 셋이 친하다고 하면 모두들 참 안 어울리는 조합이라며 의아해했다. 뭉치와 딴지가 티격태격하면 (보통은 딴지가 뭉치를 꾸짖었지만) 가운데서 또리가 중재해 주는 식이었다.

당시 우리는 똑같은 기종의 휴대전화를 갖고 있었는데 참 재밌는 건 휴대전화 색깔만큼은 셋이 모두 달랐다는 것이다. 뭉치는 사랑스런 핑크색, 딴지는 시크한 블랙, 또리는 장식 없이 밋밋한 화이트. 같지만 다른 그것이 그대로, 그냥 우리 모습이었다.

그런데 참 신기한 건 꽤 오랜 세월을 함께한 죽마고우임에도 어째우리 셋은 같이 영화를 보러 간 기억이 없다는 것이다. 물론 시간을 맞추기도 어려웠지만 골고루 취향을 맞추는 것 역시 쉬운 일은 아니었다.

〈타이타닉〉을 인생 최고의 영화로 꼽는 뭉치는 영원불멸의 사랑을 꿈꾸는 순정파 아가씨였다. 친구들이 '분명 넌 레이스 중독일 거야'라고 놀려댈 만큼 그녀는 여성스러운 원피스와 리본을 좋아했다. 겉으로 보기엔 깍쟁이 같은 외모지만 우리끼리 있을 땐 완전 푼수. 하지만 바꿔 말하면 자신을 다 보여주는 데 주저함이 없었던 솔직한 친구였다.

반면 딴지는 최고의 영화로 〈스피드〉를 꼽았다. 액션, 스릴러, 판타지. 그녀는 그녀의 삶만큼이나 스펙터클한, 명랑하면서도 시원시원한 영화들을 좋아했다. '깔깔'이라는 의성어가 그녀에게서 비롯된 것이 아닌가 싶을 만큼 요란했던 그녀의 하이톤 웃음소리는 멀리서 들어도 식별이 가능할정도로 언제나 우렁찼다. 어딜 가나 튀었던 아이. 그러나 겉보기엔 밝았던 그녀는 속마음이나 고민은 거의 표현하지 않는 친구였다.

"뭐? 키아누 리브스 나오는 〈스피드〉? 그건 여름방학용 영화잖아!"

딴지의 말에 대꾸했다가 괜히 면박만 당한 또리. 어릴 적부터 진지했던 모범생 또리는 〈천국의 아이들〉이나 〈인생은 아름다워〉 류의 가슴 찡한 영화들을 좋아한다. 예술성 짙은 잔잔한 음악 정도는 기본적으로 깔려줘야 하고, 삶에 대한 따뜻한 메시지도 담고 있어야 한다. 그러나 또리가 몇 번씩이나 다시 본 그 영화를 뭉치나 딴지는 처음 듣는단다. 하지만 뭐, 굳이 권하지도 않는다. 결말에 다다르기도 전에 잠들거나 어쩌면 짜증을 낼지도 모를 일이니까.

그렇게 참 많이 달랐던 우리들. 강한 개성만큼이나 부딪칠 때도 많아 오랜 시간 수많은 위기들을 거치기도 했지만, 다행스레 언제나 결론은 서로의 곁에 함께 있어주기로 하는 거였다. 십년지기 뭉.딴.또, 똘똘 뭉치면 그 무엇도 두렵지 않았던 그 이름. 많이 달랐던 만큼, 우리는 서로의 이야기가 참 재미있었다.

친구, 슬픔을 함께 지고 가는 자

그 시절 내겐 괴로운 고민이 하나 있었다. 완벽히 믿었던 것에 대한 완전한 혼란. 그것은 내게서 살 이유를 앗아가버렸다. 스스로 해결책을 찾고 싶어 방황하며 주저했던 아픔은 오랜 시간 모두에게 비밀이었다. 그러나 긴 시간 비밀로 갇혀 있던 아픔이 언젠가부터 곪기 시작했다. 그때부터였을까. 친구들이 냄새를 맡기 시작했다.

"왜? 무슨 일인데? 우리한테까지 말 못할 그런 일이 있는 거야?"

눈물만 뚝뚝 흘리던 내게 두 친구는 먼저 다가와주었다. 그리고 밤새 내가 털어놓은 이야기에 온 마음으로 공감해 주었다.

"저런, 그랬구나. 그랬었구나……."

그날 친구들은 나의 긴 이야기에 어떠한 답도 내려주지 못했다. 그러나 그때 알았다. 아픈 사람에게 필요한 것은 명쾌한 해답이 아닌 한마디 공감과 위로였음을.

그날 이후 우리는 더욱 가까워졌다. 마음이 무너지는 밤이면 마치 어디선가 내 모습을 다 보고 있는 듯 때 맞춰 전화를 걸어주었고, 혹시나 홀로 힘들어하고 있을까 시시때때로 나를 먼저 찾아와주었다. 그런 두 친구를 위해 나는 그 무엇이든 해줄 수가 있었다.

그러나……

이 이야기가 해피엔딩이었으면 좋겠다. 그러나 기쁨까지 함께 해주기는 어려웠던 걸까. 아픔의 시간이 모두 끝날 즈음, 그 아픔을 잊으려 고심한 나의 결정에 한 친구는 전폭적인 지지를, 한 친구는 철저한 외면을 보내왔다.

아니다 생각했다면 아니라 말이라도 해주지, 그녀는 그냥 침묵했다. 싸웠으면 화해라도 했으련만 큰소리 한번 내지도 못한 채, 이유를 알 수 없는 침묵과 냉소로 우린 그렇게 서로에게서 멀어져갔다. 그녀가 시시때때로 던졌던 한숨, 그리고 다른 이에게 가볍게 전한 이야기. 그 속에서 나는 그만 그녀의 진짜 마음을 읽어버리고 말았다. 그녀가 완전히 공감해 주었다고 믿었던 아픔이 아주 이상한 모습으로 변질되어 나에게 다시 돌아왔다. 어떠한 해명이나 변명의 과정 없이, 우린 그렇게 서로를 떠나게 되었다.

샤덴 프로이데. 남의 불행을 보고 기뻐하는 인간의 본성. 어느 순간부터가 그녀가 했던 위로를 의심하게 되었다. 슬픈 얼굴을 한 채 사실은 그녀가 기뻐했던 게 아닐까 하고. 생각이 그리 미치니 가슴이 텅 비어버렸다. 행복의 주체가 악몽의 주인공이 되어버리다니……. 싸늘한 그녀에게 다가갈 용기도 내지 못한 채 매일 밤을 악몽에 시달렸다. 그리고 이튿날 아침이 밝으면 지키지도 못할 다짐을 했다. '미워하느니 잊어버리자. 그녀를 그냥 지워버리자.' 그러나 잊혀지지도 않는 그 이름은 가슴에 문신처럼 아프게 새겨졌다.

누군가를 위로해 주는 일은 생각보다 어렵지 않다. 마음이 무너져 있는 이에게는 그저 옆에 있어주는 것만으로도 큰 힘이 되니까. 긴 말도 필요 없고, 그저 따뜻한 손길 하나면 족하다.

그러나 기쁨 앞에 서 있는 이에게 같은 강도의 기쁨을 전하는 일은 상당히 어려운 일이다. 오직 마음이 건강한 자라야 가능한 일. 오죽하면 사촌이 땅을 사면 배가 아프다 할까. 누군가의 기쁨 앞에서 상대적으로 초라한 내 처지가 먼저 보이는 것이 어디 사촌의 일이기만 할까. 얄미움과 시샘, 부러움이 앞서는 것이 슬프게도 인간의 본성이다.

드라마를 보면 복선도 있고, 반전도 있던데 나의 이야기는 일단 여기서 끝이다. '일단'이라고 말할 수 있음이 어쩌면 다행일지 모르겠다. 다 살아보기 전엔 결론내릴 수 없는 우리네 인생에 어떤 반전이 기다릴지 모르니까. 적어도 한 친구는 더욱 끈끈하게 내 곁을 지켜주었고 인생을 사는 지혜도 이렇게 하나씩 더 얻어가고 있는 거니까.

인디언의 말로 '친구란 내 슬픔을 등에 지고 가는 자'라고 하던데 사실 그건 누구나 할 수 있는 것이니 '진짜 친구'의 정의는 좀 바뀌어야 할 것 같다. '친구. 내가 기쁨 앞에 준비되었을 때 있는 힘을 다해 손뼉을 쳐주는 따스한 존재'라고.

공존(共存)
— Still with you

해 뜨기 전
고요한 하늘에는
희뿌연 안개가 끼어 있고
들리는 것은
바람소리,
숨소리.

눈을 감으면
그 바람이
내 가슴을 쓸고 내려가
둥.둥.둥.
조용히 심장을 두드린다.

아직
너

160

거기 있느냐고.

아무것도 볼 수 없지만

여전히

그 자리에

그대로

있느냐고.

혹시나

너도 역시

이곳의

나를 느낄 수 있느냐고.

습관,
너의 또다른 이름

"아아, 지애야 정말 미안해. 사실은 그때 몸이 조금 안 좋았었어."

네 시간을 기다렸다. 그리고 무려 여섯 번의 메시지를 보냈다. 그러나 묵묵부답. 결국 그녀는 약속 장소에 나오지 않았다. '도대체 무슨 일일까?'

궁금하고 걱정되는 마음이 없었던 것은 아니지만 딱히 별일이 없을 거라 확신할 수 있었던 것은 수년 간 지켜봐 온 그녀의 '습관' 탓이었다. 그렇게 그녀를 잊은 채 사흘을 지내고 나흘째에야 그녀의 답신을 받았다. '사실은'이라고 시작되는, 어쩌면 사실이 아닐지 모르는 그녀의 변명을 '또' 들었다.

어릴 적 그녀는 상당히 예뻤다. 인기도 많았고 공부도 곧잘 했다. 그녀와 친구라는 게 자랑스러울 정도였으니까. 그러나 그녀에 대한 신뢰가 깨지는 데는 시간이 얼마 걸리지 않았다.

숙제로 '북극성 관측'이 있었던 날, 우리는 두세 시간마다 학교 운동장에 나가 별을 관측해야 했다. 어릴 때부터 조급증이 있었던 나는 알람을 맞춰놓고도 혹시나 하는 마음에 시간마다 잠에서 깼다. 그리고 약속한 그 시간에 맞춰 부리나케 운동장으로 달려나갔다. 그러나 그녀는 나오지 않았다. 삐삐도 휴대전화도 없던 시절, 나는 늦잠을 잔 친구가 혹시나 뒤늦게라도 헐레벌떡 초조해할까 봐 추위 속에서 40분을 더 기다렸다. 그러나 결국 그녀는 오지 않았고, 별 관측은커녕 감기만 달고 쓸쓸히 집에 돌아와야만 했다.

청소년이 되어서도 마찬가지였다. 공개방송 티켓이 생겼다며 그녀는 내게 인심 쓰듯 여의도 방송국 앞으로 나오라고 했다. 우리 집에서 방송국까지는 무려 한 시간 반 거리. 줄 서서 들어가야 하는 시간을 생각해 일찌감치 약속장소에 도착했다. 그러나 '혹시나 하면 역시나' 했던가. 그녀는 한 시간이 지나서야 헐레벌떡 지하철역에 나타났다. 100회 특집이라 했던 공개방송에는 관객이 넘쳐났다. 가까스로 공개홀에 들어가긴 했지만, 두 시간 가까이 되는 공연을 서서 볼 수는 없었기에 우린 결국 공연 중간에 밖으로 나와야 했다.

이쯤 되니 그녀와의 약속은 내게 스트레스가 되어버렸다. 물론 그 덕에 좋은 점이 한 가지 있기는 했다. 미안한 마음에 늘 그녀가 밥을 샀으니까. 그러나 그런 밥은 사실 소화가 잘 되지 않았다. 한마디로 노 땡큐! "밥은 내가 살 테니, 약속 시간만 지켜다오." 간곡히 부탁하곤 했지만, 수차례 반복된 그 약속을 단 한 번도 지켜주지 않았던 그 친구. 그녀와는 그렇게 점차 멀어지게 되었다.

국어사전에서는 다음의 두 단어를 이렇게 설명한다.

버릇: 오랫동안 자꾸 반복하여 몸에 익어 버린 행동.

습관: 어떤 행위를 오랫동안 되풀이하는 과정에서 저절로 익혀진 행동 방식.

두 단어에 공통적으로 쓰는 '익다'라는 단어는 이렇게 설명돼 있다. '눈이 어둡거나 밝은 곳에 적응한 상태에 있다.' 즉, 습관과 버릇은 결국 무언가에 적응한 상태, 곧 그 자신이 되어 있다는 의미이다.

"아, 그 친구요? 전에 보니까 아주 심통 맞던데?"

회사에서 선배 PD가 누군가에 대해 이야기를 한다. 단번에 그 사람에 대해 딱 잘라 이야기하시기에 원래 잘 아는 사이냐고 물었다.

"아니. 잘 아는 건 아니고 전에 같이 일할 때 한 번 봤는데, 아주 피곤한 스타일이더라고."

딱 한 번 본 사이. 그러나 우리는 누군가에 대해 이렇게 쉽게 평가하곤 한다. 그날따라 컨디션이 안 좋았을 수도 있고, 직전에 무언가 불쾌한 일이 있었을지 모름에도 우리는 '단 한 번' 파악한 그에 대한 인상으로 그 사람에 대해 쉽게 결론내리게 된다는 것이다. 습관이 중요한 이유가 바로 이것이다. 정작 자신은 깨닫지 못하는 자신의 지극한 '자기다움' 때문에 그 습관 자체가 결국 그 사람을 규정짓게 한다.

"하나를 잘하는 사람은 나머지 아홉 가지도 잘해. 그건 그 사람의 '능력' 때문이 아니야. 그 사람이 일을 대하는 '습관과 태도' 때문이지."

한 라디오 PD 선배가 내게 해준 말이다. '세 살 버릇 여든 간다'는 말. 어릴 때 배웠던 단순한 속담이 아니다. 여든이 되어서는 절대 그 버릇을 고칠 수 없는 이유, 단순하다. 세 살 때 고치지 못했던 버릇은 나이가 들어서는 단순한 습관이나 버릇이 아니라, 그냥 '그 사람 자신'이 되어 있기 때문이다. 어른이 된 사람에게는 누구도 정성 들여 지적해 주지 않는다. 그가 바뀌지 않을 것임을 알기에 '그 사람은 본래 그런 사람'이라 쉽게 정의 내리게 되는 것이다. 결국 습관은 나의 '또다른 이름'이 되어버린다.

누군가 나에 대해 한마디로 표현을 한다면 나는 어떻게 설명되는 사람일까? 혹시 언제나 거짓말하는 사람이라거나 뻔뻔한 사람, 혹은 게으르고 욕심 많고 이기적인 사람은 아닐까? 나의 이름을 설명할 다른 이름은 뭐가 되어 있는지 한번쯤 생각해 봐야겠다.

그녀는
날라리

그녀는 늘 실내화를 접어 신었다. 교복 밑단을 수선했는지 치마 길
이는 매우 짧았고, 언제나 넥타이는 풀어헤친 채였다. 그녀를 가끔 화
장실에서 마주치는 날에는 내 옷에도 담배냄새가 뱄다. 그녀는 영락
없는 날라리였다.

그럼에도 그녀는 언제나 고민 없는 듯 밝은 얼굴이었다. 선생님께
꾸중을 들어도 빙그레 웃었고, 손바닥을 맞아도 뒷짐을 진 채 푼수같
이 해맑기만 했다. 뭔가 이상하지 않은가. 날라리의 기본 덕목은 범
접할 수 없는 '반항기'인데 그녀는 조금 달랐다.

1998년

그해는 참 분주했다. 고등학교 2학년 시절, 나는 잘나가는 방송부장
에, 반장이었다. 고등학교에 남녀합반이 도입된 원년. 그때만 해도 남
녀가 6대 4로 섞여 있는 학급에서 여학생이 반장을 맡는 일은 흔하지
않았다.

"제가 반장이 된다면 적어도 웃을 수 있는 학급을 만들겠습니다. 고2, 참 팍팍한 때잖아요!"

아이들은 내가 '깡'이 있어 보여 좋다고 했다. 나보다 공부를 훨씬 잘하는 아이도 있었고, 말을 유려하게 잘하는 친구도 분명 있었지만 뚝심 있어 보이는 말투와 행동. 친구들이 나를 믿어준 이유였다.

새 학년, 새 학기를 맞은 학교는 언제나 분주하다. 수우미양가 성적으로 평가받는 학교에서 유일하게 다른 기준을 적용해 평가하는 것, 바로 '환경미화'가 있기 때문이다. 학교 입장에서야 새 학기도 되었으니 방학 때 쌓인 묵은 먼지나 떨며 대청소 한번 하자는 의미였겠지만, 열정이 넘쳤던 우리들은 학급 게시판과 시간표를 꾸미고 책상과 벽을 새로 칠하는 일에 그야말로 목숨을 걸었다.

"야야! 공부를 좀 그렇게 열심히 해봐라."

수업시간에도 도면을 그리고 있는 우리들에게 선생님들은 재미있다는 듯 한마디씩 하셨다. 아이들은 밤 12시까지 남아 책상에 사포질을 했다. 분단별로 예쁜 시트지도 붙었고, 게시판에는 조화를 사다 달기도 했다. 그런데 왜 그랬을까. 모두가 '으샤으샤' 하고 있을 때 유독 담임선생님은 혀만 끌끌 차셨다.

"그냥 어지간히 해라. 어차피 1등은 정해져 있으니까."

"에이~ 그런 게 어딨어요?"

"두고 봐! 김 선생님 반이 1등이다."

섭섭했다. 완성도 되지 않은 일에 결과가 정해져 있다고? 그게 아니라는 걸 보여주고 싶었다. 마치 교실 전체가 캔버스인 양 우리는 디자이녀가 리모델링을 하듯 교실을 꾸며갔다. 그러기를 열흘. 어느새 우리들의 작품이 완성되고, 옆 반 교실을 슬쩍 둘러본 우리는 승리를 확신했다. 그러나 심사 당일.

"말도 안 돼!"

우리는 순위권에도 들지 못했다. 노력도, 정성도, 미적 감각도 심지어 들인 돈도 분명 우리 반이 최고였는데, 선생님 말처럼 1등은 단 이틀 만에 교실정리를 마친 김 선생님 반이었다.

"거봐라. 대충하지. 힘없는 선생 만나 고생했다."

풍문에 의하면 실력이 아니라 교사들 간의 파워 경쟁에서 이미 순위가 정해진단다. 정치. 그것은 고등학교 교실에서부터 시작되고 있었다. '노력해도 안 되는 게 있구나······.' 내가 맛본 첫 번째 좌절이었다.

두 번째 좌절

가을이 오면 학교마다 축제를 준비한다. 방송부장이었던 나는 드라마 촬영을 기획하며 꽤 빽적지근한 방송제를 준비하고 있었다. 그러나 학생회에서는 올해만큼은 다른 학교들처럼 봄에 축제를 하자며 급하게 대의원들을 소집했다.

하지만 그건 아무리 봐도 무리였다. 시기상으로 중간고사 전이라 학생들의 참여라는 동력을 받을 수 없었고, 무엇보다 신입생들을 교육할 수 있는 시간이 턱없이 부족했다. 그러나 학생회는 선생님들의 반대에도 불구하고 각 학급마다 여론조사를 하며 무리한 일정을 추진했다.

'저러다 사고라도 나면 어쩌려고······.'

학교의 연례계획에서 벗어난 축제의 당위성을 설명하기 위해 학생회는 회의를 열었다.

'아싸! 5, 6교시 안 들어가도 된다!'

처음엔 단순히 그 사실이 좋았다. '튀지 말고 자리나 지키자'라는 마음으로 말 한마디 하지 않고 있었으니 말이다. 하지만 결론이 나지 않는 회의는 지지부진 시간만 끌었고 시계는 어느덧 저녁 8시를 향해 가고 있었다. 보다 못한 나는 용기를 내어 의견을 말했다. 당연히 반대의견이었다. 순간 싸늘해진 회의장. 만장일치를 기대했던 그들에게 찬물을 끼얹은 셈이 된 것이다. 그때부터 이곳저곳에서 비난의 목소리가 불거져 나왔다.

"쟤, 선생님들 편이냐? 교장 사주받고 온 거 아니야?"

만약 내 말이 말답지 않았다면 그냥 무시하면 될 것을. 깡은 있으되 겁도 많았던 내게 쏟아진 이야기들은 비판도 아닌, 그냥 욕이었다.

'아, 티내면 안 돼. 티내면 안 돼. 약해지면 안 돼.'

눈물이 나는 걸 꾹 참고 있는데 그때 내 앞에 나타난 구세주, 학생회에서 한 끗발 날리는 3학년 오빠였다.

"이게 도대체 토론입니까, 토의입니까? 반대의견을 불허하는 학생회가 진정 학생을 위하는 조직입니까?"

벌렁벌렁 뛰던 가슴이 그제야 한숨을 돌렸다.

'아, 고마워라. 저 오빠 나중에 국회의원 했으면 좋겠다. 나같이 불쌍한 사람 구해주는 국회의원. 그때 내가 꼭 뽑아줄 거야.'

용기 있는 선배의 변호로 잠잠해지긴 했지만, 그 이후 나는 한동안 꽤 많은 오해와 미움을 받았다. 선생님 편이나 드는 기회주의자라는 말과 함께 '드세다, 독하다'는 기본, 심지어 그때 학생회장 언니는 졸업하는 순간까지도 복도에서 나를 보면 무섭게 노려보며 지나갔다. 그 회의에 참석했던 몇몇 후배들만이 '누나 그때 진짜 멋있었다'며 뒤늦은 응원을 보내주었지만 이미 상처가 난 마음은 쉽게 괜찮아지지 않았다.

다른 것이 틀린 것은 아니라 배웠건만, 의견이 달랐다는 이유로만으로 역적이 되어 한동안 손가락질을 받아야 했던 나는, 그렇게 두 번째 좌절을 경험했다. (그러나 하늘만은 내 편이었을까. 무리하게 추진했던 축제는 중간에 화재가 발생하면서 너무 성급하게 진행되었다는 질책들이 속속 나왔다. 모두에게 불행이었던 화재가 그나마 내겐 다행이었다. '결국 네가 옳았다'고 손들어준 것 같아서.)

자퇴를 꿈꾼 모범생 아이

여름방학이 지나고 새 학기가 왔다. 파란만장하게 보낸 1학기에 너무 지쳤던 탓일까. 어느 순간부턴가 학교라는 곳이, 그리고 학생이라는 신분이 버거워지기 시작했다. 2학년 2학기는 여러모로 부담이 많은 시기. 그러나 나는 그 중요한 시절에 공부가 아닌, 일을 했다. 학교에 감사가 오는 날에는 방송국장으로서 방송장비를 점검해야 했고 체력장이 있던 날에는 반장으로서 기록부를 들고 운동장 이곳저곳을 뛰어다녀야 했다.

그맘때 즈음 2학기 환경미화가 시작됐다. 그러나 1학기에 좌절을 한번 맛본 우리 반 친구들은 그 누구도 환경미화를 돕지 않았다. 모두 무기력했던 선생님을 비난했지만, 그 방식에는 동조했다.

"결국 선생님 말씀이 옳았잖아. 미안해. 나 오늘 학원가야 돼."

그 모든 일은 고스란히 나의 몫이 되었다. 더 이상 '우리'가 아니라 '나의 일'이 되어버린 환경미화. 웃을 수 있는 교실을 만들겠다고 공언했건만, 나의 얼굴에서 가장 먼저 미소가 사라졌다. 그때부터 학교는 배움의 터가 아니라 일터가 되어버렸다. 친구들이 집으로 학원으로 모두 돌아간 사이, 나는 학교에 남아 친구 서너 명과 함께 책상에 사포질을 했다.

'내가 지금 뭐하는 거지? 학생이 아니라 직원이 된 것 같아.' 그때 생각했다. 아, 이쯤 해서 그만둬야겠구나.

"지애야, 너는 꼭 청소년 드라마 주인공 같아."

인기 많은 반장에, 잘나가는 방송부장. 그러나 예민한 사춘기 소녀였을 뿐, 나는 그 이상도 그 이하도 아니었다. 그때 처음으로 자퇴란 것을 생각하게 되었다. 자퇴? 문제아들이나 한다는 그거. 그러나 그 시절의 내게 다른 선택이란 없어 보였다. 1년 반 정말 멋진 학창시절 추억을 남겼으니 나머지 시간은 나의 미래를 준비해야 했다. '이대로

시간이 흘러 졸업을 하면 내게 남는 건 달랑 졸업장 한 장 뿐일 거야.'
진심으로, 슬펐다.

'부모님께 어떻게 말하지? 그냥 사춘기라 그런다 생각하실까?'

며칠을 고민하고 마음의 결심을 한 그날 밤. 나는 아빠의 귀가시간에 맞춰 부모님 앞에 무릎을 꿇었다. 철없이 징징대는 것처럼은 보이고 싶지 않았다. 그리곤 또박또박 내 결심을 말씀드렸다. 지금 생각해 보면, 부모님 입장에서 얼마나 기가 찼을까? 그러나 언제나 막내딸의 이야기에 귀 기울이며 늘 선택의 기회를 주셨던 부모님은 화를 내지 않으셨다.

"미안하다, 우리 딸. 그렇게 힘든 줄은 몰랐네. 네가 쉽게 꺼낸 이야기라고 생각하지 않아. 하지만 나중에 후회할 수도 있으니까 딱 한 달만 더 생각해 보자. 선생님께도 한번 상의드려 봐."

선생님 역시 내 이야기에 귀를 기울여주셨다.

"그래, 반장. 얼마나 힘들었으면 그런 생각을 했을까. 그 마음 헤아리지 못했던 선생님 책임이 크다. 그래도 자퇴는 너무 극단적이잖니? 좋은 학교로 전학을 가면 어떨까?"

"죄송하지만 선생님, 전학은 꼭 도망가는 느낌이라서요. 저는 도피가 아니라 도전을 하고 싶은 거예요."

으이구, 말이나 못하면! 그러나 선생님도 내게 한 달의 시간을 요구하셨다.

그녀, 단 한마디면 충분했다

그렇게 나는 한 달의 시간을 묵묵히 보냈다. 그 시간 동안 친구들은 누구도 나의 결심을 알지 못했다. 들키고 싶지 않았다. 약해지고 싶지 않았으니까. 그저 혼자, 학교의 구석구석과 작별인사를 하고 있었다.

그러던 어느 날, 그녀가 다가와 조심스럽게 말을 건넸다. 평소 늘 명랑하기만 하던 그녀의 모습과는 사뭇 달랐다.

"반장, 나 고민이 있어."

오잉? 고민? 너도 고민이라는 게 있니?

"있잖아, 나 전학가고 싶은데 어떻게 해야 해?"

"전학? 갑자기 왜?"

자퇴하고 싶은 반장과 전학 가고 싶은 날라리. 찌릿! 무언가 코드가 통했던 나는 그 아이와 한참 대화를 나눴다.

"갑자기 전학은 왜? 무슨 고민 있어?"

"아니, 별건 아니고. 그냥. 나 대학가고 싶어졌거든. 그런데 이 학교에 있으면 친구들 때문에 대학 못 갈 것 같아."

"왜? 그 친구들하고 같이 공부하면 되잖아."

"그게 생각보다 어려워. 내가 갑자기 변해버리면 애들이 재수 없어 할 거야."

그녀가 안쓰러웠다. 내가 떠나고 싶은 이유와는 전혀 다른 맥락이었지만 왠지 그 심정을 알 것만 같았다. 짧은 순간의 대화에서 서로의 마음을 읽은 우리는 손을 꼭 붙잡고 함께 화장실에 갔다. 여고생들에게 화장실은 정말 친한 친구하고만 함께 가는 곳이다. 그렇게 우린 처음으로 쉬는 시간 십 분을 오롯이 동행했다.

화장실에서 돌아오는 길, 나는 그녀에게 내 고민을 살짝 비쳤다.

"참 재밌는 게, 실은 나도 요즘 자퇴할까 고민 중이거든."

"어머! 네가 왜?"

"음. 학교에 일하러 다니는 것 같아서. 이대로 가면 남는 건 졸업장뿐일 것 같아. 그럼 좀 허무하잖아. 내가 능동적으로 선택하는 삶을 살고 싶어."

그때 날 보며 황당하다는 듯 웃던 그 아이.

"정말? 야아, 나는 졸업장만이라도 받고 나가는 게 소원인데. 난 인문계 턱걸이로 들어와서 그거라도 받아야 해. 하하하."

그 순간, 깊은 종소리가 머리에 울렸다.

'졸업장, '그까짓 것!' 했는데 최소한 '졸업장만이라도'라고?'

과연 내가 이 친구보다 무엇이, 얼마나 더 나은 사람이기에, 이 아이에게는 이토록 절실한 졸업장이 내게는 그렇게 의미 없는 것이었을까. 지금껏 해온 고민이 얼마나 큰 오만이었는지, 가슴 깊은 곳에서부터 뜨거운 눈물이 올라왔다.

놀랍게도 그녀의 그 한마디는 모든 것을 제자리로 돌려놓았다. 아마 그 친구는 기억조차 못할, 짧은 순간 그 한마디가 나의 인생을 바꿔놓은 셈이다. 오만을 벗은 가슴 속에는 감사가 남았다.

그 이후 내게는 변화가 생겼다. 어딜 가도 다시는 감투를 쓰지 않기로 했다. 초등학교 때부터 그렇게도 좋아했던 '감투'라는 것이 나와는 전혀 어울리지 않았음을 그제야 알게 되었다. 대학에 가서도 과대표 추천이 들어오면 모두 고사했다. 자기 자리 하나 지키기도 쉽지 않은 이 세상에서 다른 사람의 상황까지 끌어안아야 하는 리더의 일, 그것은 결코 아무나 해서는 안 되는 일이었다.

고등학교 시절, 지독히도 현실적이던 선생님 한 분은 '학교라는 이곳이 모든 계층이 '친구'라는 이름으로 한데 어울릴 수 있는 마지막 열린 공간'이라고 말씀하셨다. 경제적 형편이나 계급, 신분에 따른 차별 없이 우리들이 '함께' 존재할 수 있는 공간.

우린 그때도 성적에 따라 차별대우를 받았다고 생각했건만, 사회에 나오고 보니 그때 선생님 말씀이 어느 정도는 옳았다는 생각이 들어 씁쓸하다. 치열하게 살아가는 이 사회에서 서로 '다른 부류'로 구별되는 사람들은 정말이지 쉽게 만날 수가 없다. 더욱이 '친구'라는 이름으로는 더 이상 불가능하다. 그래서 어떤 사람은 누군가를 만나기 위해 피켓을 들거나 몸싸움을 하거나 분신을 한다. 그 사실이 참 서글프고 적막하다.

지금도 나는 가끔 그 친구가 궁금하다. 졸업식 날, 고마운 마음에 그 소중한 졸업장 나란히 들고 사진이라도 한 장 남기고 싶었는데, 그녀는 어쩐 일인지 졸업식장에 오지 않았다.

그렇게 원하던 대학에는 들어갔을까. 연극배우가 되고 싶다고 했는데, 지금쯤 대학로 어느 소극장에서 그 꿈을 이뤄냈을까. 워낙 예쁜 얼굴이라 인기도 많았을 텐데, 시집은 갔으려나? 그렇게 피워대던 담배는 이제 몸 생각해서 끊었겠지?

　몰랐던 나의 모습을 발견하게 해주고, 나의 교만했던 마음을 한방
에 잠재워준 그 친구. 그녀가 오늘따라 문득 보고 싶다.

하찮은
작은 것

우리 삶에서
'사소한 것'은
아무것도 없습니다.

그것으로 인하여
사람이 살고 죽고
만나고 헤어집니다.

그대가 하찮게 여긴
그 작은 것으로 인하여
우리의 운명은
충분히
바뀔 수 있습니다.

퐁당
넷

바로 옆 당신의 자리

나를 나 되게 하는 소중한 사람들

마음이 롤러코스터를 탑니다. 서늘했다가 부글부글했다가 따뜻해졌다가. 그때, 사람이 보였습니다. 그의 얼굴 말고, 그의 마음이요. 그의 표정 말고, 그의 진심이요. 그렇게 웃다 울다를 반복하다 보니 어느새 심장이 단단해집니다. 결혼을 두고 왜 어른이 되는 과정이라 하는지를 그렇게 깨달아갑니다.

내일,
결혼하세요?

지금쯤 당신은 아마 잠을 이루지 못하고 있을 겁니다. 행복한 마음 반, 두려운 마음 반. 머릿속엔 온갖 물음표들이 떠다닐 테지요.

'평생을 한 사람만 사랑해야 한다면 진짜 이 사람이 맞는 걸까' 하는, 한 3개월쯤은 전에 했어야 할 고민부터, 내일 아침 얼굴이 부으면 어떻게 하나? 입장할 때 스텝이 엉키면 어쩌지? 내가 애인이라던 우리 아빠? 식장에서 엄마 보고 울어버리면? 얼굴에 뾰루지라도 나면 이걸 짜야 하나, 말아야 하나⋯⋯. 그 어떤 결혼지침서에도 나와 있지 않은 고민의 목록들이 어쩌나 많던지요.

평소 같으면 자리를 툴툴 털고 일어나 인터넷 서핑을 하거나 친구와 전화로 수다라도 떨었겠지만, 고민은 결국 '지금 잠을 못 자면 화장이 엄청 뜰 거야' 하는 데까지 미쳐, 평생 남는다는 결혼사진 한 장을 위해 억지로 자리에 드러눕습니다.

결혼식을 올리기 전날 밤의 마음을 어떻게 설명할 수 있을까요.
그저 똑같은 오늘과 내일인 건데 마치 연극의 막과 막 사이에 서 있는 듯 왠지 허전하고 울렁이는 마음, 뭐 그런 거라고 해야 할까요. 곧 열리게 될 인생 2막은 분명 더 행복해질 테지만, 주연도 바뀌고 등장 인물도 조금씩은 달라질 그 낯섦에, 두려움도 분명 있을 겁니다. 그러 면서 사람들의 얼굴이 하나하나 떠오르죠. 내일 무대의 막이 오르면 R 석이나 S석 즈음(?) 가장 가까이에서 나를 올려다보고 있을, 나의 사 람들. 사랑하는 아빠, 엄마를 포함해서 온 마음으로 행복을 기원해 줄 가족들, 동료들 그리고 친구들 말입니다.

'아차! 은사님께 전화 드리는 걸 깜빡했구나. 이런, 선배한테 청첩 장 전하는 걸 잊었네.'

몇 번이나 확인한다고 했는데 미처 챙기지 못한 등장인물 1, 2도 떠 오르네요. 행복한 마음 그 이상으로 미안함이 커집니다.

'늦었지만 지금이라도 문자 보내볼까?'

애꿎은 휴대전화만 만지작만지작. 그러나 결국, 버튼을 누르지 못 한 채 가만히 내려놓고 맙니다.

청첩장. 처음엔 정말 만만한 건 줄 알았습니다.

종이 질감부터 색깔, 문구와 글자 크기, 속지는 넣을 건지 말 건지, 봉투에는 이름만 쓸 건지 주소도 쓸 건지. 어느 것 하나 쉽게 선택할 수 있는 것이 없었더랬지요. 신랑을 고르는 것보다 까다로웠다면 좀 억지 겠지만, 단순할수록 명료하다는 명제는 청첩장 고르는 데에도 적확했 습니다.

그런데 생각해 보니 그동안 남의 청첩장을 유심히 들여다본 기억이 없습니다. 고백하건대 친하지 않은 누군가가 두고 간 청첩장은 별 고민도 없이 쓰레기통에 넣었던 적도 있었지요. 그런데 결혼이라는 걸 직접 해보니 알겠습니다. 그들이 얼마나 깊은 고민 끝에 뽑았던 명단이었는지 말이지요. (미안해요. 정말.)

그런데 이걸 전달하는 일 또한 만만치 않습니다. 남한테 대신 전해 달라 하자니 성의가 없는 것 같고, 직접 들고 가자니 부담 주는 것 같습니다. 그렇게 쩔쩔매며 평소엔 가지도 않던 타부서 사무실에 갔더니, 사람들의 반응이라는 게 정말이지 천태만상입니다. 가뜩이나 어색해 죽겠는데 "수금하러 왔구나? 고지서 거기 두고 가라!" 하는 얄미운 사람도 있고 '누구시더라?' 하는 표정을 짓는 무심한 사람도 있습니다. 그러나 나를 붙잡고 앉아 결혼과 삶에 대한 깊은 이야기들을 들려주는 고마운 사람도 있습니다.

마음이 롤러코스터를 탑니다. 서늘했다가 부글부글했다가 따뜻해 졌다가. 그때, 사람이 보였습니다. 그의 얼굴 말고, 그의 마음이요. 그의 표정 말고, 그의 진심이요. 그렇게 웃다 울다를 반복하다 보니 어느새 심장이 단단해집니다. 결혼을 두고 왜 어른이 되는 과정이라 하는지를 그렇게 깨달아갑니다.

엄마랑은 왜 그렇게 싸운 걸까요?

돌이켜보면 기억도 안 날 이유들로 자꾸만 엄마에게 섭섭해집니다. 아마 엄마도 마찬가지겠지요. 시집가면 누구보다 그리워질 엄마인데, 그거 다 알면서도 모질게만 구는 못된 딸. 그간의 깊은 정을 모조리

떼려는 기세로 자꾸만 짜증을 부려댑니다. 나중에 울 엄마는 이렇게까지 말했다니까요. "으이구! 이지애! TV에서 보면 사람들이 너 천사인 줄 알 거야. 나만 당하는 거지, 뭐. 엄만 억울해!" 울 엄마가 입 열면, 여럿 다칩니다.

세상의 모든 딸들이여! 기억하세요. 엄마한테 못되게 군 딸이 결혼식장에서 꼭 엄마 보고 펑펑 운답니다. 검은 눈물로, 화장 다 지워져요!

참, 아빠랑 행진 예행연습은 좀 하셨어요?

신랑이 오른쪽인지, 왼쪽인지 다 연습해 놓고도 꼭 헷갈리게 마련이니 여러 번 연습해 두세요. 어쩌면 인생에서, 아빠와 정답게 손을 잡고 걸어보는 가장 긴 시간일지도 모른답니다. 참고로 아빠들은 조금이라도 더 천천히 걸어서 입장하는 걸 좋아하세요. 더 오랜 시간, 딸내미의 손을 붙잡고 싶으실 거예요.

아직도 잠이 안 오세요?

여전히 화장 안 먹을까 걱정인가요? 중간, 기말고사 때처럼 시간이 딱 하루만 더 있었으면 싶으시죠? 하지만 우린, 이미 알잖아요. 하루 더 공부한다고 더 열심히 하진 않았다는 것. 잠이 안 와서 스트레스를 받기보다는, 지금껏 함께해 준 시간과 공간에 대한 짙은 안녕의 과정이라 생각하며 애틋하게 그리고 친절하게 인사를 나눠봐요.

사진은 걱정 말아요. 피곤하면 피곤한 대로 해쓱하게 예쁜 사진이 남더라고요. 미모는 이목구비가 아니라, 당신의 표정이에요. 그리고 표정은 당신 마음의 반영이에요. 뭐든 생각하기 나름이니 이 밤을 오롯이 감사로만 채우길.

자꾸만 두근거린다고요? 소화도 안 된다고요? 그래도 분명한 건, 이렇게 단단해지기 시작한 심장은 반드시 더 강해진다는 것. 소화되지 않는 위장에 대고, 지끈거리는 머리에 대고, 자꾸만 울렁대는 가슴에 대고 말해 줘요. 우린, 지금 이 모든 시간을 '함께' 이겨내고 있다고. 그리고 이 또한 지나고 보면 가슴 잔잔한 추억이 된다고. 그러니 그 울렁임을 한번 즐겨보세요.

나는 믿어요. 입장하다 조금 삐걱거려도, 덜렁이며 순서를 잊어도 당신은 내일, 분명 아름다울 겁니다. 그리고 그런 당신을 보며 사람들은 행복한 표정으로 박수를 쳐줄 거예요. 그러면 당신은 그저 온 마음을 다해 환한 미소로 인사하면 돼요.

그러니 오늘 밤 평안히, 그대 잘 자요.

·

·

·

아 맞다, 내 정신 좀 봐.
그대! 결혼, 정말정말 축하해요!

내가 그를 사랑한,
진짜 이유

첫 만남은 2005년 어느 가을밤이었습니다. 나는 아나운서 지망생 중 한 사람으로, 그는 한 방송사의 신입사원으로, 우리는 강남의 어느 카페에서 처음 만났습니다. 그저 신기해하는 후배들 앞에서 약간은 어색한 듯 보였지만 작은 것 하나하나 조언을 해주는 모습이 사뭇 진지했습니다.

좋은 느낌의 사람이라, 집에 돌아와 그의 미니홈피를 훔쳐보았죠. 방송국 입사가 자기 생애 첫 일등이라며 감격해 하는 글을 보았습니다. '부럽다……' 애송이들을 위해 시간을 내준 선배에게 감사의 쪽지를 보냈습니다. 친절한 답장이 왔습니다. 신기한 마음에 '저장' 버튼을 눌렀습니다.

두 번째 만남은 2008년 아나운서 대회에서였습니다. 대부분의 회사처럼 아나운서들의 송년회에도 '주량 배틀'이 있습니다. 그날 나는 그와 대결하게 되었습니다. 경쟁시간대 양사 대표 프로그램 MC라는 의미와 함께, 아나운서 지망생 당시의 짧은 인연이 떠올라 괜히 머쓱했죠. 규칙상 마지막 잔은 러브 샷을 하게 되어 있었습니다. 한바탕 웃고 어색한 인사를 나누고는 곧 헤어졌습니다.

세 번째 만남은 2009년 11월, MBC에 다니는 친구를 통해서였습니다. '너의 팬을 자처하는 선배가 있는데 팬으로서 밥이나 한번 먹자'는 거였습니다. 그의 이름을 듣고는 웃음이 났습니다. 참 재밌는 인연의 선배, 친해지면 참 좋겠다는 생각을 했습니다. 그렇게 마련된 만남의 자리는 홍대의 한 와인바. 타 회사의 같은 직종 동료로서 단 몇 시간 얘기를 나눈 게 전부였습니다. 그후 그는 프로그램 모니터도 해주고, 안부 문자도 보내주었죠.

"바람이 좋은데 잠깐 걸을래요?"

가끔 데이트 신청을 받긴 했지만, 왠지 조심스러웠습니다. 신중하지 못한 행동으로, 정말 좋은 선배를 잃고 싶지는 않았으니까요.

"선배님, 2010년엔 정말 가슴 뛰는 한 해 보내세요."

"하하, 지애 씨 같은 사람을 만나야 가슴이 뛰는데 큰일입니다. 이제 정신 차려야죠."

조금은 부담스러웠던 내 마음을 눈치챘는지, 2010년 1월 신년메시지를 끝으로 그는 더 이상 내게 연락을 하지 않았습니다.

"MBC에 김정근 아나운서랑 잘 아니? 아빠 친구분들끼리 아는 사이라는데 술자리에서 둘이 만나게 해주면 어떻겠냐고 그랬다더라."

오랫동안 잊고 지냈는데, 뜬금없게도 엄마를 통해 그의 이름을 다시 듣게 되었습니다. 그와 나, 참 묘한 인연이라는 생각이 들었습니다.

그러나 나는 태생적인 운명론자. 인위적인 만남은 절대로 갖지 않겠다는 개똥철학으로 여태 소개팅 한 번 해본 적이 없습니다. 진짜 인연이라면 운명적으로, 어떻게든 만나게 되어 있다고 믿어왔기 때문입니다. 그렇게 스치는 인연으로 시간은 또 흘렀습니다.

그러다 잠이 오지 않던 초여름 밤, 모니터를 켜고 예전에 받은 쪽지들을 훑어보는데 우연히 낯익은 이름을 발견했습니다. 2005년 11월에 받은 짤막한 쪽지. 그 사람이었습니다. 오랜만에 인사차 문자메시지를 보냈습니다. 마음이 많이 힘들었던 날, 꽤 늦은 시간이었음에도 불구하고 그는 비를 뚫고 내게 달려와 줬습니다.

그후 드문드문 이어진 몇 번의 조심스러운 만남. 특별한 이벤트도, 화끈한 데이트도 없었습니다. 그 대신 주말에 가끔 봉사활동도 다니고 성경 이야기도 함께 배웠습니다. 그렇게 3개월이 지났습니다. 그렇게 그해 가을, 그와 나는 부부가 되었습니다.

사람들은 내게 묻습니다. 그의 어떤 점이 좋으냐고. 그는 자신이 진짜 사랑해야 할 대상이 무언지를 아는 지혜로운 사람입니다. 함께 처음으로 봉사활동을 갔던 날, 그가 내게 말했습니다.

"지애야, 그곳에 가면 지애가 좀 불편한 일들이 생길지도 몰라. 지체장애를 가진 분들인데, 몸은 40대지만 지능은 어린아이거든. 혹시나 어쩔 수 없는 본능 때문에 지애 예쁘다고 이리저리 만질지도 몰라. 그래도 걱정하거나 당황하지 마. 절대 악의는 없는 거니까. 내가 옆에 꼭 있어줄게."

그러나 직접 그런 현실을 마주했을 때는 참 쉽지 않았습니다. 해맑은 얼굴을 한 사람의 커다란 손이 내 어깨를, 내 손을 자꾸만 더듬었습니다. 그러나 그는 한 발짝 떨어진 자리에서 물끄러미 지켜볼 뿐,

어떠한 제재도 하지 않았습니다. 그에게는 자신의 여자친구만큼, 지적장애인의 인격 역시 소중했던 겁니다. 그때 알았습니다. 이 사람, 내가 완전히 믿어도 좋은 사람임을.

3개월도 안 되어 결혼을 결정한 내게 누군가는 신중하지 못하다 말합니다. 방송인으로서 인기가 떨어질 수도 있고, 조금만 더 기다려보면 더 근사한 혼처가 있지 않겠느냐고 염려해 주는 이도 있습니다. 혹시 그가 숨겨진 재력가이거나 결혼을 서두를 수밖에 없는 다른 이유를 만든 게 아니냐고 음흉한 미소를 보내는 사람도 있습니다. 그러나 그런 이유였다면 나는 절대 그를 사랑하지 않았을 겁니다.

"사랑이란 게 언제나 뜨거울 수만은 없대. 활활 타오르다 보면 결국 그 불에 타죽게 되어 있거든. 우리는 은은한 잔불로 오래오래 서로의 곁에 있어주자."

오랜 시간 은은하게 이어진 그와의 만남 속에서 나는 확신을 얻었습니다. 사람과의 관계에서 진정 중요한 것은 만남의 시간이 아닌, 교감의 깊이임을. 억지로 꾸며서는 절대 가질 수 없는 소박하고 아름다운 마음, 내가 그를 운명이라 느낀 이유입니다.

가슴 뛰며 시작했던 2010년. 더 큰 사랑을 배우고 나누기 위해 용기 있게 운명의 길을 걷습니다. 그리고 이제는 내게, 그 길을 함께 걸을 사람이 생겼습니다.

나는 재벌과
결혼했다

"내가 아주 어렸을 때, 아버지가 사업을 무리하게 하시다가 결국 한 번 크게 망한 적이 있었어. 그때 우리 식구 모두 할아버지 댁에 얹혀 살았는데, 당시에 우리 부모님 정말 안 해보신 게 없었다? 하지만 그런 중에서도 어머니는 시간이 날 때면 거실에다 클래식을 틀어놓고 우아하게 책을 읽으셨어. 어머니는 내게 늘 '누리며 살라'고 하셨지. 지금 없는 것을 애써 바라는 것이 아니라, 지금 있는 것을 감사로 누리라는 것이었어.

그때 우리 집은 작은 구멍가게를 했는데, 나는 내가 백화점 사장 아들인 줄 알았어. 우리 가게엔 없는 게 없었거든. 초코파이도, 막대사탕도 내가 원하면 늘 얻을 수 있었으니까."

매일같이 나에게 주어지는 시간을 누리고,
지금 내 얼굴 위로 부서져 내리는 햇살을 누리고,
손만 뻗으면 닿는 오래된 라디오의 선율과

냉장고 속에서 숙성돼 가는 엄마표 김치의 신맛과
물만 부으면 짙어지는 그윽한 커피 향,
그리고 언제나 내 곁을 지켜주는 그의 온기를 누린다.

마음이 부자인 내 남편,
분명 나는 재벌댁 며느리랍니다.

욕심쟁이

고백 하나. 결혼 전

너의 100을 다 가지려고 하진 않을래.

어쩌면 그건 불가능한 일일 거야.

설령 100을 다 가진다 해도 그게 과연 좋기만 할까?

누군가의 100을 감당할 수 있는 사람이 과연 있긴 할까?

나는 한 70 정도만 가질래.

그러다가 73 정도 갖게 되면

그것이 행복이라 느끼며 그렇게 살래.

고백 둘. 결혼 후

참 이상하지?

분명 100을 받았는데

200, 300…… 자꾸만 더 욕심내게 돼.

근데 사랑에 관한 한,

그렇게 욕심부려도 되는 거 아닐까?

.

.

사랑이란,

다 내어주고도 혹시나 모자란 것이 없나 살피는 일.

거짓말

엄마에게 거짓말을 했습니다. 지독한 감기에 걸려 많이 아팠는데 지금은 괜찮아졌다고 아무렇지 않은 척 말했지요. 예전 같으면 엄마 품에 안겨 어리광부릴 기회라며 징징징 엄살을 피웠을 텐데 이제는 그리 하지 않습니다. 시집간 딸내미가 기껏 전화로, 그것도 오랜만에 소식을 전하면서, 이제는 아무 때나 달려오지도 못하는 엄마한테 괜한 걱정만 끼치는 건 아무래도 좀 아니다 싶었던 거지요. 그래서 오늘은 그냥, 혼자 견뎌보기로 합니다.

철없던 어릴 적 기억 속에 약간의 서러움으로 그려진 엄마의 모습 한 장면이 있습니다. 세상의 모든 둘째들은 뱃속에서부터 눈치껏 알아서 잘한다고는 하지만, 평소 엄살을 피울 줄 몰랐던 탓에 그날 밤 나 아픈 건 온 집안에 아무도 몰랐더랍니다. 저녁때 먹은 무엇이 얹혔는지 자다가 일어나 화장실에서 홀로 불편한 속을 게워내는데, 아무리 꽥꽥대도 달려와 주지 않았던 엄마가 왜 그리 야속하던지요.

그런데 아마도 그건, 엄마가 달려와 주지 않았던 유일한 사건이었을 겁니다. 나의 모든 위기의 순간에 엄마는 분명 늘 함께였는데, 그때 단 한 번 그리 해주지 않은 기억이 왜 그리 오래갔던 걸까요. 이제는 그 얘길 하며 엄마랑 함께 깔깔 웃습니다.

"엄마가 그때 뒤늦게 일어나서는 이불 속에서 그랬잖아. 다~ 토해라. 다~ 토해!"

울 엄마 성대모사는 아마 세상에서 내가 최고일 거라며 표정까지 얄밉게 따라 하는 딸을 보면서, 엄마는 배꼽을 잡고 웃으면서도 조금 씁쓸해 하십니다. 엄만 그게 여전히 미안하신가 봐요. 그때 벌떡 일어나 달려와 주지 못한, 그거 하나가.

그런데 사실, 거짓말하면 우리 엄마가 세계 일인자입니다. 매일 아침 늦잠을 자는 딸들에게 엄만 늘, "너희들 이런 식으로 게으름 피우면 내일부턴 절대 안 깨워줄 거야" 하셨지요. 하지만 그다음 날에도 나는 엄마의 잔소리를 들으며 일어났습니다.

뿐만 아닙니다. 똥고집을 피우며 속 썩이던 사춘기의 내게 어느 날 "넌 이제부터 내 딸 아니야" 하신 적도 있었지요. 하지만 그러고도 어김없이 도시락을 싸주시며 언제나 잘난 척만 하는 막내딸 수발을 도맡아 해주셨습니다. 엄마의 거짓말은 항상 고마웠습니다.

그런데 그런 우리 엄마가, 당연히 거짓말일 거라 생각했던 약속을 지킨 일이 한 번 있습니다. 나의 결혼식. 절대 울지 않겠다던 엄마는 그날 정말 눈물을 보이지 않으셨습니다. 양가 부모님께 인사를 하는데 꽃처럼 활짝 웃고 있는 엄마 얼굴을 보니 난 또 왜 그리 주책스레 눈물이 나던지요. 귓속말로 "뭐야, 엄만 왜 안 울어?" 그랬더니, 엄만 나를 꼭 안아주시며 그러셨습니다.

"이렇게 좋은 날 왜 울어. 울지 마! 우리 딸, 오늘 진짜 예쁘다."

부부는 닮는다 했든가요. 그런데 사실, 거짓말이라면 우리 아빠도 만만치 않답니다. 두 딸의 아빠임을 늘 자랑스러워했던 울 아빠는 딸들에게 언제나 격한 애정을 숨기지 않으셨습니다.

술자리로 밤늦게 귀가한 날에도 아빤 잠든 딸들에게 뽀뽀 세례를 퍼붓고서야 비로소 양말을 벗으셨죠. 까칠까칠한 수염이 따갑다고 찡그리며 깼다가도 싱글벙글 웃던 아빠의 모습에 까르르 웃다 다시 잠든 기억들이 많이 남아 있답니다. 중독성 있는 아빠의 뽀뽀는 어느새 우리 집안의 내력이 되었습니다. 요즘은 새로 생긴 아들 둘에게도 뽀뽀를 퍼부으십니다.

아빠가 속삭이는 거짓말은 참 달콤합니다. 사람 많은 곳에 놀러 라도 가면 아빤 대단한 비밀인 양 나의 귀에 대고 속삭이셨죠. "우리 딸, 아빤 오늘 놀라운 사실을 발견했어." "응? 뭔데?" "아무리 눈을 씻고 봐도 여기서 우리 딸이 최~고 예뻐." 평생 레퍼토리 하나 바뀌지 않고 이어지는 아빠의 거짓말. 다 알면서도 '풉' 하고 웃음이 납니다. 그러면 꼭 옆에서 듣던 언니가 따지듯 묻습니다. "그럼 난?" 그럼 아빠는 기다렸다는 듯 방긋 웃으며 대답하십니다. "우리 큰 딸은 여기서 가~장 예쁘지."

그럼 그때부터 언니와 나의 언쟁이 시작됩니다. '최고'와 '가장' 중 더 강한 최상급 표현은 무엇이냐. 딱히 결론도 없이 우린 곧 아빠 어깨에 매달려 까르르 웃고 맙니다. 아빠의 거짓말은 언제나 모르는 척, 그냥 믿어버리고 싶어집니다.

그런데 그런 아빠도 사실 거짓말로 된통 당한 적이 있습니다. 유치원에서 손목시계를 차고 있던 아이가 부러워 나도 사달라 졸랐는데, '내일' 사주겠다던 아빠가 며칠째 약속을 지키지 않았던 겁니다. 잔뜩 실망한 나는 이제 막 배운 한글로 또박또박 편지를 썼지요.

"시계 사오기, 약속 지키기, 바보야!"

아빠는 바로 다음날 손목시계를 사다주셨습니다. 그리고 딸에게 처음으로 '바보'라 불린 꼬깃꼬깃한 그 편지를 아직도 일기장 속에 보관하고 계신답니다.

하지만 이제야 고백하건대 거짓말로 치면 나야말로 상습범입니다. 매해 어버이날이 오면 편지에다 '착한 딸이 될게요. 앞으로 더 효도할게요'라고 적었건만 생각해 보니 지금껏 제대로 지킨 적이 없습니다. 게다가 요즘은 게을러져 그 거짓말조차 하지를 않습니다. 아빠, 엄마는 작은 손으로 색종이 오려 만든 못생긴 카드가 많이 그리우신지 내게 섭섭한 마음을 표현하십니다.

"우리 딸, 올해는 신년카드 안 주나?"

30대, 유부녀가 되고부터는 절대 거짓말하지 않는 것이 저의 한 해 목표입니다. 적어도 나를 완전히 믿으시는, 우리 부모님께만큼은 말입니다. 저, 지킬 수 있겠죠?

아빠
미안해요

아빠, 미안해요.
열 아들 필요 없다며 애지중지 키운 딸이
덮어놓고 맨날 엄마 편만 들어서.
아빠는 소녀같이 여린 엄마에 비해 늘 강하다 생각했어요.
목욕탕에서 등 밀어줄 아들 하나 있으면 좋겠다는 말에
우리 아빠 외롭구나, 뒤늦게야 알았지요.

아빠, 미안해요.
배포 크고 씩씩했던 막내딸,
아빠 닮아 잘 살 거라고 늘 자랑스러워 하셨는데
아빠랑 쏙 빼닮은 도톰한 입술 밉다고 툴툴댔던 거,
동그란 복코 고쳐내라고 투정부렸던 거 정말 미안해요.

뱃속에서부터 요란해 당연히 아들일 거라 믿었던 딸내미.
다 크면 아빠랑 데이트도 하고,

술도 같이 마셔줄 거라 한껏 기대했는데

바쁘답시고, 다이어트 한답시고 슬슬 피해 다닌 것

아빠 모르는 척했지만, 티 났었죠?

어쩌다 한 번 달려나갔던 날

아빠가 아닌 한 남자로서의 고뇌를 보았지요.

술 한잔 주거니 받거니 했을 뿐인데

가슴이 다 서늘해졌던 아빠의 짤막한 문자.

"우리 딸, 어제 정말 고마웠어."

아빠 나의 30여 년 거의 모든 순간에 발 벗고 달려와 주셨는데

난 왜 그리 얄밉게 튕기기만 했는지,

부모의 사랑은 짝사랑이라지만

아빠 앞에선 유독 미소를 아꼈던 무심함, 미안해요.

아빠, 미안해요.

아빠가 야심 차게 세웠던 계획들 모두 김새게 해버려서.

아침마다 운동하자고 마련해 둔 배드민턴 라켓,

허리치료에 좋다고 딱 4세트 준비한 요가매트,

아이큐가 10쯤은 더 좋아진다는 아빠의 40년 메모법.

게으른 딸은 결국 하나도 꾸준히 실행하지 못했고

그 모든 걸 아빠 혼자의 차지로 만들어버렸지요.

아빠가 얼마나 설레는 마음으로 하나둘 준비하셨을지,

여전히 그 요가매트에서 홀로 체조하는 아빠를 보며

아주 나중에서야 깨닫게 되었답니다.

결혼식장에서 아빠 손잡고 입장할 때,
속도, 보폭 모두 헷갈려 버둥거리는 딸에게
아빤 그렇게 빨리 걸을 필요 없다고 복화술로 속삭여주셨지요.
신랑에게 빨리 가버리고 싶은 거냐고 농담을 건네던 아빠의 얼굴.
조금이라도 더 천천히,
그 순간을 벅차게 느끼고 싶었을 아빠의 그 마음을
덥석, 신랑 손을 잡기 직전에야 알아차렸지요.
좋은 날인데 왜 우느냐는 엄마와 달리
아빠의 얼굴은 왜 그리 허전해만 보였는지.
3개월 후에야 받은 앨범에서 확인한 아빠의 쓸쓸한 표정은
오랜 시간 나를 슬프게 했답니다.
아빠, 정말 미안해요.

매순간 열정적이었던 아빠는 퇴근이 늦는 날이 많았지요.
어린 마음에는 바쁜 아빠가 밉기만 해서 늘 뾰로통했는데
조금 늦는다는 신랑을 기다리며 혼자 밥을 먹어보고 나서야
아빠의 마음을 느꼈답니다.
늦은 저녁, 식사 때가 한참 지나서야 차려진 밥상.
혼자서 한 숟가락 뜨고 있는 아빠 곁에
잠시라도 종알종알 함께 앉아 있을걸.

TV도 없는 주방의 고요함이 얼마나 낯설었을지
울컥 눈물이 났답니다.

"우리는 다정한 친구." "꿍까라꿍까 꿍까까."
아빠는 아빠라기보다는 언제나 친구였습니다.
어떨 땐 엄마보다 더 짠한 애인이기도 했지요.
퇴근 후 잠든 딸들에게 뽀뽀를 잊지 않았던 로맨틱가이,
60대 연세에도 운동으로 다져진 탄탄한 근육질의 미남.
나를 닮지 않은 아들이 둘이나 생겨 다행이라는 엉뚱남,
여전히 일상을 분(分) 단위로 메모하고,
엄마에게 '신문 중독'이라는 말을 들을 정도로 지적인 학구파,
중요한 결정을 앞두고 늘 가족회의를 열었던 열린 마음의 소유자.
아직도 15년 후 사업계획을 세우는 욕심쟁이 사장님.
그리고 다섯 살 조카랑 제일 잘 놀아주는 '절친' 할아버지.

아빠가 미워 2년 가까운 시간, 미소도 짓지 않았던
고집불통의 딸내미지만
그 또한 짙은 사랑의 표현이었기에 눈물은 이제 진주가 되었습니다.
아빠는 알까요.
미안하다는 말은 곧 사랑한다는 말이라는 것을.

아빠, 사랑해요.

우리
할머니

"어쩜……. 제 아버지랑 그리 똑같이 가누."

몇 해 전 어느 날, 청천벽력과 같은 소식을 들었다. 평소 건강하시던 큰외삼촌의 갑작스러운 별세 소식이었다. 평생을 경찰 공무원으로 지내며 나라를 위해 일하셨던 큰외삼촌. 자주 뵙지는 못해도, 따뜻한 말씀은 없으셔도, 만나면 늘 어린 주먹에 용돈을 한 줌 쥐여주신 다정한 분이셨다. 예순넷. 퇴직을 하고 이제 조금 쉬시려나 했는데……. 갑작스런 비보는 모든 가족을 슬픔에 빠뜨렸다. 가장 충격을 받으셨던 분은 당연히 우리 외할머니였다.

할머니는 열여섯에 시집을 왔다. 일본 제국주의 시대, 위안부 동원을 피해 진정에서 일찍 시집을 보내셨단다. 처음에는 열 살 차이 나는 신랑이 무서워 도망을 다니셨단다.

"그때 시어머니가 홀딱 벗겨서 나를 방에 넣고는 문을 잠그셨지. 무서워서 얼마나 벌벌 떨었는지……."

신혼여행을 다녀온 내게, 옛날을 회상하시며 할머니께서 들려주신 이야기다. 그래도 정이 좋아 할머니는 자식을 여섯이나 낳으셨다. 옛

날분이긴 했지만, 할아버지는 참 다정한 분이셨다고 한다.

그러나 할머니의 행복은 길지 않았다. 더운 여름 할머니가 맹장염에 걸려 입원을 하신 어느 날, 수술을 끝내고 회복을 위해 병원에 누워있는데 할아버지가 봉지에 감자를 싸들고 문병을 오셨다.

"내일부터 밭에 다시 나가보려 하네. 앞으론 자주 못 올지도 모르겠어."

여리디여린 아내 걱정을 참 많이 하셨는데, 어쩐 일인지 할아버지는 그날 이후로 정말 단 한번 문병을 오지 않으시더란다. 더 이상한 것은 할아버지뿐 아니라, 사람들의 발길도 뚝 끊겨버린 일이었다.

"그때 사실은 외롭게 병원에 앉아 원망을 했었어. '얼마나 그렇게 바쁘기에' 하고 말이야."

그런데 퇴원하시기 전날에야 들었단다. 누군가 '이럴수록 더 잘 살아야 한다' 하며 두 손을 꼭 잡기에 무슨 일인가 했더니, 할머니가 수술받으신 다음날, 옥상 평상에서 주무시던 할아버지가 갑자기 심장마비를 일으켜 돌아가셨다는 이야기. 충격에 쓰러지신 할머니는 몇 주 더 병원 신세를 지셔야 했다.

"그렇게 마지막 얼굴 한번 보지 못하고 보내드려야 했지. 그런데 말이야. 그땐 앞에 아무것도 보이지 않았어. 슬퍼할 겨를도 없이 혼자 육남매 기를 걱정부터 해야 했으니까."

어릴 적 할머니 댁에는 도라지가 쌓여 있었다. 도라지를 손톱으로 긁어 까느라 할머니의 손톱에는 늘 까만 물이 들어 있었다. 방학 때 외가에 놀러 가서 괜히 도와드리겠다고 덤볐다가 손톱이 문드러져 한

참 약을 바르고 다녔던 기억이 있다. 할머니는 그렇게 육남매를 위해 해보지 않은 일이 없었다. 그런 할머니에게 큰아들은 때때로 남편도 되어주는 든든한 존재였던 것이다.

"지애야 어떻게 하니. 할머니한테 어떻게 이야기를 해야 하니."

전화기 너머로 흐느끼는 엄마의 목소리가 들렸다. 연로하신 할머니 걱정에 온가족은 발을 동동 굴렀다. 다음 날 오후 입관을 마치고 난 후에야 할머니께 소식을 전하기로 마음을 먹었다. 오랜만에 대낮에 찾아온 둘째 아들을 보고 할머니께서 그러셨단다.

"오늘은 어떻게 시간이 났니? 네 형에게 전화 좀 해봐라. 시간 날 때 같이 점심이라도 먹자."

큰아들 소식을 전해들은 할머니는 그 자리에서 쓰러지셨다. 남편을 보낼 때처럼 큰아들의 마지막 모습도 보지 못했다며 할머니는 연신 흐느끼셨다. 나는 응급실에 누워 계신 할머니 곁에 붙어 앉아 한 손으로는 할머니의 손을, 다른 한 손으로는 할머니의 가슴을 계속해서 문질러 드렸다. 할머니는 한동안 말씀이 없으셨다.

그러나 아픔은 거기서 그치지 않았다. 이듬해 유난히 어머니를 살뜰히 챙겼던 셋째 외삼촌마저 지병으로 세상을 떠나신 것이다.

"우리 하나님이 나한테 왜 그러셨을까? 남한테 나쁜 소리 한 번 안 하고 살았는데 왜 내게 그러셨을까?"

슬픔에 빠진 할머니께 어떤 대답도 해드릴 수가 없었다. 새벽마다 일어나 자식들을 위해 기도하셨던, 오직 자식들을 위해 그 긴 세월을 살아내셨던 강인한 분. 홀로 육남매를 키웠다는 사실을 믿을 수 없을 만큼 머리부터 발끝까지 곱고 여리기만 한 분. 살면서 큰소리 한번 쳐보지 않으셨던 우리 할머니 가슴속에 깊은 멍울이 얼마나 많이 생겼을까.

사람은 살면서 주전자 하나만큼의 고통을 받는다고 한다. 누군가는 콸콸콸 한꺼번에 쏟아지는 아픔을 겪고, 누구는 찔끔찔끔 고통인 줄도 모르는 괴로움을 길게 겪는다는 이야기를 들은 적이 있다. 그렇다면 할머니의 아픔은 어떻게 설명할 수 있을까. 한이 그득히 쌓인 그 아픔을 위로할 어떤 이야기도 찾을 수가 없었다.

"울 할머니처럼 마르고 소식하는 분들이 장수하신대요." 식사 자리에서 생각 없이 건넨 말에, "그럼 뭐라도 좀더 많이 먹어야 되겠구나……." 슬프게 말씀하셨던 고운 우리 할머니.

"남겨진 사람들이야 어떻게든 살긴 살지. 하지만 가버린 사람이 안타까워 어떻게 사니……."

"에이, 할머니. 할머니는 우리 집안의 기둥이세요. 할머니의 기도 덕에 이렇게 손녀딸도 잘 자랐잖아요. 그러니 오래오래 저희들 곁에서 더 많이 기도해 주셔야죠."

빙긋이 웃으시던 할머니 눈에 또르르 눈물이 맺혔다.

삶이란 정말 무엇일까. 이 삶이라는 것은 오랜 시간 아픔을 이겨온 사람들에 결국 어떤 선물을 남기게 될까. 평생 자식들을 위해 희생하신 할머니. 할머니를 웃게 할 수 있는 일이라면 무엇이든 하고 싶은 마음이다.

할머니, 건강하세요. 사랑합니다. 아주 많이요.

호찬이가 지난주에 아픈 이후로
많이 의젓해졌어.
요즘은
혼자 놀다가 얌전하게 잠들곤 해.
... 꽁찬 엄마

아픔은
성숙을
.

.

이모도
우리 꽁찬이처럼만.

그녀의 별

— 별이 엄마, 힘을 내요

　녀석의 원래 이름은 '별이'였다. 언니가 배꼽 언저리에서 작은 세포의 움직임을 처음 느꼈던 그날, 벅찬 가슴으로 올려다본 하늘에서 별 하나가 유별나게 빛났다고 했다. 그래서 지어진 이름, 별이. 나의 첫 번째 조카의 태명이다.

　어릴 적부터 현모양처가 꿈이었던 우리 언니는 유난히 아이들을 좋아하는 천사 같은 마음씨의 소유자다. 마음이 아픈 아이들을 안아주고 싶다며 들어간 대학원에서는 아동심리치료를 공부했는데, 누구에게도 마음을 쉽게 열지 않던 아이들이 언니와 눈을 맞추고 달려와 안기는 모습을 보면서 '나중에 언니는 정말 좋은 엄마가 되겠구나' 하는 생각이 들었다. 그런 언니에게 진짜 자신의 아기가 생겼으니 그 감격은 말로 다 설명할 수가 없었다.

　아동 전문가답게 언니는 태교에 온 마음을 쏟았다. 그 좋아하던 커피나 생선회는 입에도 대지 않았고 태아에겐 심리적 안정이 가장 중요하다며 웬만한 일에는 큰소리조차 내지 않았다. 그렇게 조심조심 마치 커다란 보물을 품에 안은 듯, 언니는 매순간 진지하고 신중하게 별이를 대했다. 6개월간이나 그치지 않았던 참으로 유난했던 입덧 중에도 언니는 해맑게 웃으며 별이의 이름을 자주자주 불러주었다. 아닌 것 같아도 아기가 뱃속에서 모두 다 듣고 있다면서 언니는 끊임없이 별이에게 말을 걸었다. "별아, 별이 이름은 나중에 우리 별이가 어두운 세상을 반짝반짝 빛내라고 엄마 아빠가 지은 거야."

그뿐이 아니다. 언니는 아는 동요를 모두 동원해서 별이에게 노래도 불러주었다. 등장인물의 이름을 모두 '별이'로 바꿔가면서 세상의 모든 노래가 마치 별이를 위해 존재하는 것인 양 별이를 온 세상의 주인공으로 만들어주었다.

"별이는 사랑받기 위해 태어난 사람. 별이의 삶 속에서 그 사랑 받고있지요."

오랜 기다림 끝에 드디어 별이가 이 세상에 또르르 또오똑 떨어지던 날. 나는 별이를 위해 노란 낙타인형을 준비해 갔다. 이모는 별이를 기다리는 열 달 동안 저 멀리서 별 하나 보고 찾아온 동방박사 같은 마음이었다고, 그렇게 우리 별이가 정말 많이 보고 싶었다고 이야기해 주고 싶었다.

고대했던 조카와의 첫 만남! 이제 막 세상에 나온 별이는 진짜 별처럼 반짝반짝 빛이 났다. 눈물이 가득 고인 이모의 눈에는 우리 아기 별이가 8월의 여름 햇살보다 더 반짝였다.

"고마워 별아. '이모'라는 소중한 이름을 선물해 주어서."

그렇게 별이는 존재만으로 온 가족에게 행복을 선물했다.

어느새 다섯 살이 된 별이는 '이모'라는 이름 앞에 '무서운 이모' 혹은 '테레비 이모'라는 이름을 새롭게 붙여주었다. 그리고 어느덧 졸병 하나 거느린 의젓한 형아가 되어 있다. 항상 바쁘기만 한 이모가 미울 법도 한데, 동생 소유의 사탕을 빼앗아 이모에게 건네줄 만큼 강력한 카리스마도 갖고 있다. 두 아들의 엄마가 된 언니는 목소리도 더 커지고 힘도 더 세졌지만 한 집안에 자기 밖에 모르는 애인이 셋씩이나 있다며 여전히 행복한 미소를 짓는다. 어쩌면 형부까지 합쳐서 애인 셋이 아니라 아들 셋일 수도 있는 거지만, 내 보기엔 든든한 보디가드가 셋이나 있어 언니는 이 세상에 무서울 것이 없어 보인다.

결혼을 하고 보니 진공청소기가 너무 무거워 청소하는 게 이 세상에서 제일 싫더라는 철없는 동생에게 천사 같은 언니는 한껏 미소를 지으며 말한다. "처음엔 원래 다 그렇지 뭐. 근데 요즘 난 말이야. 앞뒤로 아이 둘 들쳐 메고 하루에 청소기를 두 번씩이나 돌린다니까."

결혼 전 뭇 남성들에게 '산소 같은 여자'로 불렸던 청순가련의 울 언니. 예쁜 언니를 둔 덕에 나는 어딜 가나 '미지 동생'으로 불렸다. 어릴 적 선머슴 같았던 나는 그런 언니와 비교되는 것이 싫어 늘 뿔이 나 있곤 했다. 그런데 요즘은 상황이 바뀌어 우리 언니가 '지애네 언니'로 불릴 때가 더 많다. 하지만 화장기 하나 없는 언니는 여전히 참 눈부시게 아름답다.

하루 온종일 두 아이의 꽁무니를 쫓아다니며 씨름하는 언니를 보면, '엄마'라는 이름은 정말 아무나 얻는 게 아니구나 싶다.

그러나 '이미지'라는 예쁜 이름보다 '별이 엄마'라는 포근한 이름이 언니를 더 행복하게 하는 것 같다. 여전히 그녀는 '산소 같은 여인'이다. 더 이상 만인의 연인은 아니지만 적어도 세 남자에게만큼은 이 세상에 없어서는 안 되는 산소 같은 존재가 되어 있다. 그러니 언니는 보디가드를 셋이나 거느릴 자격이 충분하다.

천문학자 칼 세이건은 "별이 타고 남은 재가 생명을 만들었고 인류는 결국 별의 먼지로 돌아가게 되어 있다"라고 말했다. 언니에게서 별이 노래를 하도 듣다 보니 책 한 구절의 '별'이라는 단어가 낯설지 않아 한참을 머물러 바라보았다. 말썽꾸러기 별이 형제를 안고 복닥복닥 하루에 두 번씩 먼지를 청소하는 언니를 보면 별과 생명, 그리고 먼지의 순서가 복잡하게 꼬여버렸다는 생각이 들 때도 있다.

하지만 분명 언니의 세상은 우주보다 넉넉하고 지구보다 아름다워 보인다. 그것은 아마도 세상에서 가장 반짝이는 것을 가슴에 품고 있기 때문이리라. 그러므로 가슴에 별을 품은 이 세상의 모든 엄마들은 우주만큼 크고 위대한 존재들이다.

지나가다 귀걸이가 예뻐 언니에게 사다주었다. 뜻밖의 선물에 세상을 다 가진 듯 기뻐한다. 거울 볼 시간도 없어 우울했다며 씨익 웃어 보이는 언니의 미소 속에서 다름 아닌 우리 엄마의 모습이 스쳐간다. 이 소중한 미소를 우리 별이가 꼭 지켜주기를. 세상의 모든 별들이 그렇게 반짝반짝 각자의 우주를 빛내주기를. 그렇게 온 세상 가득 환해지는 날들을 가슴속에 그려본다.

아낌없이 주는 나무

우리 모두에게 전쟁이었습니다. 아버님은 병마와 싸우고 어머님은 절망과 싸우고 남편은 답답한 세상의 부조리와 싸우고 있었습니다. 아무것도 할 수 없었던 저는 극심한 무력감과 싸워야 했습니다.

전쟁은 짧지만 참 길었습니다. 당연히 곁에 있어야 할 것들이 한순간에 사라져버리면서 전쟁은 비로소 끝이 났습니다. 승리한 것도 패배한 것도 아닌 고요한 전투가 끝나고 모든 것들이 하나씩 제자리를 찾아갑니다. 그러나 그 무엇도 더 이상 제자리인 것은 없습니다.

사랑하는 아버님께

아버님, 제가 말씀드렸었나요? 2012년, 보신각 타종행사를 TV로 지켜보면서 올해는 새해 첫날부터 치킨을 시켜 먹었다고요. 그땐 혼날까 봐 말씀 안 드렸는데요, 그러고는 곧장 체해서 저 온종일 아팠어요. 그때 오빠가 말렸는데 뭔가를 시작하는 중요한 날에는 꼭 좋아하는 것을 해야만 한다며 제가 마구 우겼지요. 그런데 그렇게 시작부터 아프고 나서 뭔가 억울한 거예요. 그래서 생각했지요. '올해 신년은 무효! 음력 설부터 다시 시작해야지!' 그런데 설이 막 지나고 아버님께 들은 청천벽력 같은 소식은 우리 모두가 더 많이 아파야 하는 이야기의 시작이었답니다.

아버님이 건강검진을 받고 서둘러 가족사진을 찍자고 하셨을 때 사실 뭔가 불안했어요. 평소에 특별히 편찮으셨던 것도 아니고, 저흰 그저 효도 좀 해보겠다고 야심 차게 해드린 선물이었는데……. 결과에 대해선 별말씀이 없으신 채 명절 전에 급하게 찍어야만 한다고 하시는 게 뭔가 이상하다 생각했지요. 그런데 그때는요, 자세하게 여쭤볼 용기가 안 났어요. 별일 아니겠거니, 뭐 큰일이야 있겠나, 그냥 제가 믿고 싶은 대로 믿어버렸지요. 어떤 옷을 입어야 10년 후에 봐도 촌스럽지 않을까, 철없는 당신의 며느리는 그런 고민이나 했었답니다.

그로부터 꼭 6개월 후, 아버님의 영정사진 앞에서 서윤이가 그랬지요. "외숙모, 이 사진 이상해요. 할아버지가 입술은 웃고 있는데 눈에는 눈물이 그렁그렁해요."

그때 그 사진이 우리 모두에게 어떻게 기억될지 아버님은 이미 알고 계셨던 거죠? 어머님은 아버님의 빈소를 이리저리 걸으면서 사진에서 눈을 떼지 못하셨답니다. 소녀 같은 눈빛으로 그 앞에 서서 지그시 바라보다가 빙그레 웃으며 말씀하셨지요.

"참 요상하네? 내가 오른쪽으로 가면 아빠 눈이 오른쪽으로 날 따라오고, 왼쪽으로 가면 왼쪽으로 따라와. 아빠 눈이 자꾸만 나를 따라다녀. 신기하지?"

그리고 꼭 하루가 지난 후 어머님이 그러셨습니다.

"사람이 참 이상해. 어제는 사진 속 내 남편이 그저 멋있기만 했는데, 오늘 이렇게 보고 있으니 왜 이렇게 얄미울까? 아빠가 저 사진 찍을 때 너희들 몰래 얼마나 우셨는지 아니?"

그때 차마 함께 울지 못했던 어머님은 지금에서야 숨죽여 눈물을 훔치고 계시답니다.

젊은 시절 연극영화를 공부해 배우의 꿈을 키웠을 만큼 외모도 품성도 정말 근사하셨던 우리 아버님. 오빠한테는 비밀이지만요, 저는 사실 아버님께 반해버린 순간이 한두 번이 아니었어요. 고작 3개월 연애하고 결혼하겠다는 막내딸을 염려하시던 부모님이 오죽하면 아버님과 어머님을 만나보시고는 그 자리에서 바로 결혼을 승낙하셨을까요? 저런 아버지 밑에서 자란 아들이라면 완전히 믿을 수 있겠다며 두 분은 그 날 이후로 아버님의 팬이 되었답니다.

하나밖에 없는 며느리를 늘 막내딸이라고 불러주셨던 아버님. 부족한 며느리는 늘 바쁘다는 핑계로 제 손으로 밥 한 끼 제대로 대접한 적이 없었네요. 단 한번. A++ 최고급 한우로 모시겠다며 고기 판 옆에 달랑 된장찌개 하나 차려놓았던 며느리의 밥상을 아버님은 감격에 겨워 맛있게 다 드셨었지요.

2년차 며느리, 이제 두부덮밥도 할 줄 알고 조림도, 찜도 할 수 있게 되었는데 유난히 식성 좋으셨던 아버님이 더 이상 뭔가를 드실 수 없다는 것을 알고는 얼마나 가슴이 무너졌었는지.

넘치는 사랑을 모조리 다 받아놓고, 그 사랑을 갚을 시간이 이렇게나 부족했다는 것을 알았다면 못난 며느리는 조금 다를 수 있었을까요?

간암 말기라는 무서운 이름 앞에서도 어머님은 늘 담대하셨습니다. 어머님은 언제나 아버님이 운전하는 뒷자리에 앉으셨지요. 거기가 회장님 자리라고, 늘 기사 노릇을 해주시던 아버님 뒤에서 어머님은 세상에서 가장 행복한 얼굴을 하고 계셨습니다.

하지만 아버님의 병환 이후론 어머님이 늘 아버님 앞서 걸으셨지요. 아버님보다 더 힘내서 간에 좋다는 물, 해독에 좋다는 나물 하나하나 일일이 다 챙기면서, 입맛에 맞지 않는다고 고개를 절레절레 흔드는 남편을 꼭 아들 대하듯 다독이며 어머님은 미소를 잃지 않으셨습니다. 아버님이 처음 입원하셨던 날, 치료실에 들어간 아버님을 기다리던 어머님은 참담한 얼굴로 말씀하셨답니다.

"어떻게 하겠니. 병원으로 소풍 왔다 생각해야지. 너무 긴 소풍이 되지는 않았으면 좋겠어."

그 좋아하시던 여행 한번 못 가고 올해는 뜻하지 않게 늘 병원 소풍을 다니셨네요. 자식들 앞에서는 절대 울지 않던 어머님이셨지만, 침대에 누워 힘없이 병실로 들어오는 아버님을 처음 본 그날은 도저히 울음을 참을 수 없으셨는지 저를 서둘러 내보내셨답니다.

"우리 남편 불쌍해서 어떻게 하나……."

혼자 남을 어머님이 더 걱정인데 어머님은 아버님을 위해 힘을 내야 한다며 병실에서도 씩씩하게 쌈에다가 홀로 밥을 싸 드셨답니다. 힘든 와중에도 미소를 잃지 않으시던 어머님이 늘 대단하다 생각했지만, 혼자 눈물로 삼켜야 했을 그 시간들이 얼마나 많았을까 생각하면 가슴이 먹먹해집니다.

결혼을 한 후 오빠는 가끔 어릴 적의 이야기를 들려주곤 했어요. 호방한 성격에 이리저리 사업을 벌여 망하기도 흥하기도 하면서, 아버지는 20대에 이미 기사 딸린 차를 타보기도 했고 한순간 바닥으로 내려가 구멍가게도 해보셨다고. 절망의 시간들을 딛고 일어나 이만큼 이뤄놓으시기까지 아버님은 모든 순간에 늘 강하셨다고. 그리고 그 뒤에는 한결같이 기도하는 강인한 어머님이 계셨다고.

불같은 성격의 아버님과 느긋한 성격의 어머님은 가끔 티격태격하시기도 했지만 두 분의 다툼조차 오케스트라의 화음으로 들렸을 만큼 늘 행복한 가정이었다고. 너무나 달랐기에 채울 수 있는 것이 더 많았던 두 분을 보며 우리도 꼭 두 분처럼 살자고 했었지요.

아버님, 기억하시죠? 마지막으로 입원하시기 전날, 오빠는 아버님과 목욕탕을 다녀왔지요. 언제나 커다란 존재였던 아버지의 야윈 어깨를 보고 오빠는 그날 밤잠을 이루지 못했답니다.

"나, 이제야 알았어. 지금껏 아버지가 내 인생에 얼마나 큰힘이었는지를……."

낮에는 파업 현장에서, 밤에는 아버님 병실에서 오빠는 그 누구보다도 뜨거운 여름을 보내야 했습니다. 정직 2개월, 부동산 가압류, 검찰조사. 성실하고 강직한 내 남편과는 도저히 어울리지 않는 이름들이 그의 앞에 문신처럼 새겨졌지요. 맑고 환하기만 한 그의 얼굴에 투사의 이미지가 씌워졌습니다. 이미지가 생명이라는 우리들의 직업.

앞으로는 심각한 시사프로그램만 진행하게 되는 건 아닐까, 다시 웃으면서 카메라 앞에 설 수는 있는 걸까. 페어하지 않은 세상에서 페어플레이를 외치며 축구중계를 할 수 있을까. 하지만 오빠는 아버지를 보내드리는 마지막 순간에도 이렇게 말했습니다.

"지애야, 이제 와 생각해 보니까 참 감사하다. 파업이 이렇게나 길어진 것도, 결국 그것 때문에 런던올림픽 중계에 갈 수 없었던 것도, 정직 2개월 받고 잠시 방송 쉬게 된 것도. 그 시간들 덕분에 아버지의 마지막 순간을 지킬 수가 있었잖아."

아버님, 당신의 하나밖에 없는 아들은 당신을 닮아 이렇게나 강한 남자가 되어 있답니다.

어떻게 그렇게 마지막까지 멋질 수가 있으셨을까요? 사람이 어떻게 침대 위에 실례를 할 수 있느냐며 아버님은 보름 가까이 아무것도 드시지 못한 상태에서도 당신의 두 발로 걸어 화장실에 가셨지요. 하루에도 몇 시간씩 잠들어 계시던 마지막 일주일. 가끔씩 힘겹게 눈을 떠 가족들 얼굴 하나하나 오래도록 바라보시던 아버님의 그 깊은 눈빛. 아마 평생토록 아버님은 제 가슴속에 '최고 멋진 남자'로 남아 있을 거랍니다.

"지애야, 미안하다. 아버지가 오래 옆에 있으면서 좋은 것도 사주고 맛있는 것도 사주고 했어야 하는데. 여보, 나중에 정근이랑 지애 사이에 예쁜 아이가 태어나면 당신이 학용품도 최고 좋은 거 사주고 맛있는 것도 많이 사주고 해야 해."

예전 같으면 '에이, 아버님이 얼른 회복하셔서 직접 그렇게 해주셔야죠' 너스레를 떨었을 텐데 말 잘하는 며느리는 결국 아무런 할말을 찾지 못한 채 아버님의 차가운 발만 주물주물 했었답니다. 더 이상 희망을 말할 수 없다는 무력감. 아마 아버님은 더 하셨겠지요.

"예전에 어떤 사람 장례식에 갔다가 내가 대표기도를 했었어. 그때 첫마디로 나온 기도가, '감사합니다'였지. 지금은 이렇게 우리가 이별하지만 다시 만난다는 소망이 있으니 감사하다고. 그런데 말이야. 내가 막상 죽음 앞에 서니 그 감사가 나오질 않아. 우리가 정말 다시 볼 수 있긴 한 건지 확신이 들지를 않아."

슬픈 얼굴을 한 아버님은 함께 기도해 주겠노라 병원을 찾은 목사님의 뒷모습을 보며 그제야 웃으셨습니다.

"아, 목사님 양복 보면서 은혜 받았다. 이 더위에 낡은 겨울 양복 입은 목사님을 보니 가슴이 따스해져. 여보, 나중에 일 다 치르면 목사님 모시고 백화점 가서 최고로 좋은 양복 한 벌 해드려. 내가 선물 하나 해드리고 싶네."

남들이 미처 보지 못한 작은 부분까지도 섬세한 아버님은 절대 놓치지 않으셨지요. 마지막 순간까지도 그렇게 뭔가 더 줄 것이 없나를 고민하는 정 많은 분이셨습니다.

"여보, 나 부탁 하나만 할게. 내 지갑에 50만 원만 채워줘. 그리고 큰일 다 치르거든 당신이 우리 애들 데리고 가서 영정회식 한번 해줘. 내가 쏘는 거야. 최고로 좋은 고기 사먹어. 그리고 혹시 남으면 남은 돈은 당신 다 가져."

영정회식. 그 고통 중에 어떻게 그런 생각을 하셨을까. 같이 가지 못해 미안하다며, 고기 좋아하는 우리 아버님은 마지막 하나 남은 것까지 우리를 위해 다 주고 가셨습니다.

"지애야, 올림픽은 언제부터니? 런던에 가면 얼마나 있다가 오는 거지? 지애 돌아올 때까지는 내가 기다릴 수 있어야 될 텐데……. 아버지 걱정 말고 사명감 가지고 다녀오렴."

혹시나 며느리 마음 불편하지 않을까 먼저 안심을 시켜주시던 아버님. 남들이 다 부러워하던 런던올림픽 메인 MC 자리가 혹시나 며느리에게 눈물이 되고 한숨이 될까 봐 아버님은 늘 걱정을 하셨습니다.

의사들은 담담하게 말했습니다. 길어야 일주일, 빠르면 사나흘. 천천히 마음의 준비를 하라고 하더군요. 대체 무얼 보고 저들은 생명의 길이를 예측할 수 있는 걸까. 여전히 우릴 보며 농담도 하시고 웃기도 하시는데. 따져 묻고 화를 내고 싶은 순간이 많았습니다.

일주일 후 긴 출장을 떠나야 하는 며느리는 어딜 가나 안절부절했었지요. 이러다가 정신분열에 걸리는 것은 아닐까. 마음의 방을 여러 개 두고 그 문을 열었다 닫았다 해야만 그 하루를 버틸 수 있었습니다. 마이크 앞에서는 곱게 화장을 한 채 생글생글 행복에 대해 이야기하는 아나운서 이지애였지만 집에 와서는 아픈 아버님을 두고 떠날 수밖에 없는 죄 많은 며느리일 뿐, 제가 할 수 있는 것은 아무것도 없었답니다.

아버님이 몸져 누워 계신 그날 밤에도 며느리는 '파격의상'으로 검색어에 올라가 있었습니다. 그 즈음 누군가는 제게 미소가 가식적이라고 글을 올렸더군요. 그럴 수밖에요. 그때 저는 정말 웃을 수가 없었습니다. 하루를 온통 눈물로 보내고도 '오늘 하루 안녕하시냐?' 말해야 하는 방송인의 잔인한 운명을 그때 처음으로 원망했습니다. 진심에 없는 미소였으니 억지스레 꾸며내야 했고 그렇게라도 꾸미지 않으면 할 수 없는 일을 업으로 삼아 지금껏 살고 있으니 이를 어쩌면 좋을까요. 하지만 아버님은 병원 간호사를 앞에 두고도 며느리 자랑을 잊지 않으셨습니다.

아버님은 생각보다 더 잘 버텨주셨습니다. 시간이 얼마 남지 않았다는 의사의 말이 맞기를 바랄 수는 없는 것인데, 혹시나 임종을 지키지 못하고 떠나게 될까 봐 출국날로부터 거꾸로 사흘, 매일매일 날짜를 헤아려야 했습니다. 그리고 출국 이틀 전 어머님이 저를 불러 말씀하셨지요.

"지애야, 아버지가 우리 지애를 조금이라도 더 오래 보고 싶으신가 보다. 런던 가고 나서 혹시 일이 생기더라도 중간에 다시 돌아올 생각은 마. 아버님도 그러셨잖아. 사명감을 가지라고. 나랏일 하는 거다 생각하고 너는 너의 일을 끝까지 해야 하는 거야. 중간에 돌아오면 내가 혼내줄 거야. 알았지?"

어머니도, 저도 한없이 울었습니다. '어머니, 제가 어떻게 웃으며 방송을 할 수 있겠어요?'라고 했지만 어머니는 너는 프로라고, 오빠 몫까지 하고 와야 한다고 오히려 저를 다독이셨습니다. 시어머니가 아니라 그냥 엄마의 모습이셨습니다.

그리고 아버님은 그날 자정, 눈을 감으셨습니다. 간암 말기 환자라고는 믿을 수 없는 정도로 깨끗하고 반듯한 모습으로 아버님은 정말

아버님답게 우리에게 마지막 인사를 하셨습니다.

"고맙습니다."

그날 오후 병문안을 온 손님에게 사력을 다해 하신 이 한마디가 아버님이 세상에 남긴 마지막 말씀이 되었습니다. 역시 우리 아버님. 열정을 다했던 당신의 삶에 대한 최고의 인사였다고, 저는 확신한답니다.

내 평생 아버지처럼만

"아버지, 저희의 아버지라서 정말 감사합니다. 아버지가 늘 자랑스러웠어요."

"땡큐."

"아버님처럼, 저도 멋있게 살게요. 아버지, 사랑해요."

"미투."

미투, 땡큐. 언제나 저를 행복하게 했던 당신의 이야기. 울먹이며 귓가에 속삭이는 '막내딸'에게 아버님은 마지막까지 웃어주셨습니다.

슬펐지만 감사했고, 아팠지만 웃을 수 있었던 이유는 병상에 누워서도 유머를 잃지 않았던 아버님의 여유와 그런 아버님을 위해 모든 순간을 기꺼이 감당했던 어머님의 믿음 덕분이었지요. 사흘 동안 아버님을 만나러 온 사람들의 행렬을 보며 아버님이 그동안 얼마나 멋지게 살았던 분이었는지를 다시금 깨달았답니다.

"여보. 우리도 금방 다 갈 거야. 당신이 먼저 가서 집 지어놔야 해.

나 작은 집 싫으니까 큰 집으로 지어놔. 이제는 당신 안 아플 거야. 당신, 정말 수고했어요."

삼일장을 마치고 우리는 아버님의 영정사진 앞에서 다같이 마지막 가족사진을 찍었습니다. 사흘 내내 울었는데 그 사진 속의 우리들은 모두 다 웃고 있습니다. 꼭 아버님처럼 눈물이 글썽인 채로 다들 활짝 웃고 있습니다. 아버님이 등 뒤에서 '김치' 하는 소리가 들립니다.

아버님을 보내고 허전함으로 채운 시간들이 어느새 한 달 지났습니다. 그사이 저는 무사히 런던에서 돌아왔고 어머님은 아버님 없는 여행을 다녀오셨지요. 파업이 대체 언제 끝나는 거냐고 늘 염려하셨는데 오빠는 곧 회사에 복귀한답니다. 이렇게 하나둘 모두 제자리를 찾는 듯 보이지만 아버님이 떠나신 후 사실 제자리인 것은 하나도 없답니다.

하지만 괜찮습니다. 가슴이 뻥 뚫려 있긴 하지만 그 안에는 온기가 가득하고, 여전히 울컥울컥 눈물은 나지만 미소지으며 떠올릴 추억들이 더 많으니까요. 악보의 도돌이표도, 교실의 지우개도 없는 것이 우리네 삶이라지만 아버님이 남겨주신 추억들을 돌려보며 결코 지울 수 없는 이야기들을 늘 가슴속에 생각합니다.

"사랑하는 며느리, 우울했던 전반은 기쁜 후반을 위한 전주 일거야." 오늘도 부적처럼 아버님의 말씀을 가슴에 새깁니다. 아버님, 저는요. 세종대왕, 이순신 장군보다 아버님을 더 존경하고 사랑해요. 그러니까 아버님, 하늘나라에서도 활짝 웃고 계셔야 해요. 저희들도 모두 따라 웃을 수 있게요.

부부싸움

어머님: 아니, 이 집이 아니라 아까 그 집이 맞다니까요?

아버님: 아유 그냥 먹으라니까. 아무튼 고집은! 당신은 이집트에서
태어났으면 벌써 탄핵감이야.

어머님: 그래도 이왕 여기까지 왔는데 맛있는 걸 먹어야 하잖아.

아버님: 아유 됐어! 그래도 여긴 웨이터가 잘생겼잖아.

어머님: 참내. 잘생기긴? 당신보다 훨씬 못생겼네, 뭘.

잠깐 고성이 오가서 긴장을 했습니다만
이건 뭐, 싸움이 맞는 건가요?
결국 작은 말다툼은
사랑 고백으로 끝이 납니다.

오빠랑 둘이 마주 보며
히죽이 웃어 보입니다.
우리도 꼭 두 분처럼 살자고.
저렇게 서로 사랑하자고.

퐁당
다섯

오늘 행복은
오늘 만들기

때론 진지하게, 때론 장난스럽게

꿈을 향해 앞으로 앞으로 달렸던 20대는 수많은 난관을 만나 넘어지기도 하고 좌절하기도 하면서 발가락 하나하나에 굳은살이 배길 만큼 최선을 다했다. 서러운 시행착오를 겪으며 숱하게 눈물도 흘렸지만, 그때 생긴 굳은살을 '훈장'이라 여길 만큼 강했고 날렵했다. 그 예쁜 나이에 나는 거칠었고 상처투성이였다. 그래서 언젠가부터 30대의 나는 좀더 우아해도 좋다고 스스로에게 허락했던가 보다.

제가 알려드리죠,
오늘 당신의 운세

안 풀리는 날은 뭘 해도 안 풀리게 마련이다. 지각을 해서 회사에 늦게 도착한 날에는 꼭 입구에서부터 부장님을 만나게 마련이고, 달리다가 지갑을 떨어뜨리거나 휴대전화를 차에 두고 나오거나 화장도 들뜨고 헤어스타일도 별로다. 뭘 하든 한숨만 나오기 일쑤. 그런 마음으로 먹는 점심식사는 맛도 없고 소화도 안 되고, 그런 자리에서 나오는 대화들이란 온통 답답하고 지루한 것들뿐. 아침만큼이나 여유 없는 점심식사는 그렇게 짧게 끝이 난다.

피곤한 일과 내내 한숨만큼 하품도 끊이질 않더니, 책상 앞에서 잠깐 졸기라도 하면 아침에 마주친 부장님의 잔소리가 이어진다. 이렇게 정신없이 보낸 하루의 끝에는 늘 물음표를 던지게 된다. '아, 정말 내가 왜 이러고 사나?' 복잡한 생각에 몸을 누이고 겨우 잠든 밤, 꿈속에는 악몽이 이어지고 격투라도 한 듯 피곤한 몸으로 일어난 다음날 아침. 아! 또 지각. 안 되는 날은 뭘 해도 안 된다며 툴툴툴 또다시 집을 나선다.

하루의 시작을 맞는 기분은 누구에게나 참 중요하다. 누군가는 그

227

것을 '운세'라고 부르고, 혹자는 '바이오리듬'이라고 부른다. 그러나 그 모든 것이 '느낌'에서 출발한다고 하면 믿을 수 있겠는가. 참 풀리지 않았던 그 일상에서 내가 실수한 것은 '지각을 했다'는 그 사실 하나뿐이다. 그로 인해 연쇄적으로 일어난 모든 일들은 사실 나의 실수가 만들어낸 불편한 기분 탓이었다.

하지만 우리는 너무나 쉽게, 그 기분을 이미 정해진 운세였다고 말하곤 한다. 지쳐 돌아온 밤. 재미삼아 검색해 본 오늘의 운세가 어쩌다 비슷하게 맞아들기라도 하면 '음 어쩌지……'라며 망쳐버린 하루 일과를 나의 실수 탓도, 기분 탓도 아닌 운명 탓으로 돌려버린다는 이야기다.

그렇게 전가되어 버린, '참 별로'였던 일상의 책임은 결국 내 손을 떠나버린다. 실수한 그 사실을 인정했다면 그 다음날은 조금 더 일찍 정신을 차려 서두를 수 있었을 테고, 유쾌하지 못한 기분 때문임을 생각했다면 일부러라도 생각을 전환해 나쁜 느낌을 떨쳐낼 수 있었을 텐데, 이미 내 소관을 벗어난 팔자에 의존하다 보니 그 다음날도 여전히 신문지 한켠에서 뒤적뒤적 '오늘의 운세'를 찾아보게 되더라는 것이다.

사실 이렇게 말하는 나도 신문을 펼치면 '오늘의 운세' 코너를 지나치지 못하고, 잡지 속에서 '별자리'를 발견하면 옆자리 친구의 생일까지 물어가며 이달의 운세를 읊어주곤 한다. 거기서 찾는 나의 논리는 '알아둬서 나쁠 것 없다'는 것이었다. 맞으면 신기한 거고 아니면 마는 거고. 돈 새는 일이 많은 달이라 하면 금전 문제에 좀더 신경을 쓰면 되는 것이고, 친구와의 갈등이 빈번할 거라 하면 내가 좀더 배려하면 되는 것이고, 동쪽에서 귀인이 온다 하면 평소 나침반을 가지고 다닐 수는 없는 노릇이니 누구를 만나든 친절하게 잘 대하고 볼 일인 것이다.

이태 전 이맘때, 기독교인인 나는 진리의 실체를 찾고 싶어 교회가 아닌 절을 찾아간 적이 있다. 목사님이 아닌 스님을, 기도하는 권사님이 아닌 불공을 드리는 보살님을 만나보고 싶었다. 내가 믿는 진리만큼 그들이 믿는 진리의 모습이 무언지 궁금했기 때문이다. 뜻밖에도 그곳에서 만난 스님은 우리 교회 목사님을 닮아 있었다. 실제 고등학교 때 교회 청소년부 회장까지 했다는 스님은 운명에 이끌려 불자가 되었다고 하셨다.

그 말씀에 오버랩이 되었던 우리 교회 목사님의 이야기. 신이 내려 무당이 되었던 할머니가 운명적으로 교회에 나오게 되셨고 온 가족을 전도해 지금의 목사님을 길러냈다는 것이었다. '운명의 모습이란 누군가에게는 절대적이지만 이렇게 정반대일 수도 있구나.' 큰 가르침을 얻고 그 절을 나왔다. 어떤 것이 더 '진짜 진리'에 가까운가보다는 어떤 형태로든 남들보다 더 깊이 진리를 사모했던 그들의 마음과 생각이 결국 각자의 운명을 만들어 냈다는 깨달음이었다.

나의 생일은 5월 13일. 초등학교 때부터 지금까지 나와 생일이 똑같은 친구는 네댓 명도 더 된다. 그렇다면 그들 모두는 나와 같은 모습의 하루, 같은 인생을 살아가고 있을까?

그중엔 전교 1등도 있었고, 아직 한글을 떼지 못한 아이도 있었다.

그러나 그 사실 역시 누군가의 인생을 함부로 판단할 근거는 될 수 없다. 초등학교 때 한글을 못 읽던 그 친구가 지금은 어느 대학의 유명 교수가 되어 있을지도 모르는 일이다. 한날한시에 태어난 쌍둥이도 같은 운명을 살지는 않을 터. 내게만 주어진 운명이 아니라 모두에게 주어진 인생, 똑같이 주어진 시간을 나름의 방식으로 지혜롭게 살아가는 것이 최고의 인생이 아닐까.

오늘도 심각하게 오늘의 운세를 뒤적이는 이에게 대신 말해 주고 싶다.

"오늘은 말이죠. 적당히 어려울 거고 간간이 쉬울 겁니다. 그저 누구를 만나든 정성을 다하고, 가치 있다 생각하는 모든 일에 최선을 다하세요. 아마 최고의 하루를 보내실 것입니다."

마음의 볼륨

"라디오만 듣고 누군가 했어요! 지애씨였네! TV와는 느낌이 좀 다른데요?"

3년 전부터 〈상쾌한 아침〉이라는 새벽 라디오 프로그램을 진행하고 있다. 신입사원 때 1년간 지역근무를 하며 라디오의 매력을 맛본 내겐 늘 라디오에 대한 낭만이 있었다. 그런데 새벽 5시라. 참 애매한 시간이다. 누군가에게는 하루를 시작하는, 누군가에게는 하루를 끝마치는 시간. 그 시간은 내게 참 다른 그림으로 기억돼 있다.

대학 졸업반 시절이었나? 새벽 첫차를 타고 종로에 있는 영어학원에 다닌 적이 있다. 부지런한 대학생이라는 나름의 자부심을 느끼며 처음 학원에 출석하던 날, 무언가 새롭게 시작한다는 경쾌한 마음이 한순간에 어그러졌다.

5시를 막 넘긴 새벽 종각역. 부지런하게 하루를 시작하는 발랄함을 기대했는데 이게 웬걸? 그 시각 종각역의 풍경은 참 아이러니했다. 한산한 역사에는 여기저기 쓰레기와 소주병이 나뒹굴었고 술에 취해 잠든 사람들이 드문드문 신문을 덮고 계단 옆에, 개찰구 옆에 아무렇게나 누워 있었다. 잠에서 깨어 처음 보는 풍경이 활기와 생기로 가득하길 바랐던 내게, 그 시절 새벽 5시는 아름다운 시간이 아니었다. 취기로 가득한 축축한 풍경은 내 기분마저 땅으로 가라앉게 했다.

졸업반 때 그렇게 부지런을 떨어본 경험이 있긴 하지만 사실 나는 올빼미족이다. 시한이 정해진 무언가를 해야 한다면 새벽에 일어나 부지런을 떨기보다 밤을 새워 완성하는 일이 더 잦았다. 밤새 무언가에 집중을 하고 고개를 들어 시계를 보면 늘 새벽 5시 즈음. 그렇게 남보다 더 늦게 하루를 마무리하는 새벽 5시의 풍경은 가슴을 가득 채우는 보람과 온몸을 휘감는 피곤이 뒤엉킨 오묘한 시간이었다. 나만의 세상에 전율처럼 뿌듯함이 찌릿 흐르면 그제야 졸음이 오기 시작한다.

그러나 차가운 이불에 누워 막 잠들려는 찰나, 갑자기 주변이 요란해진다. 엄마가 아침식사를 준비하며 틀어놓은 라디오 소리, 아빠의 샤워 소리, 그리고 이제 막 울리기 시작한 옆 동네 공사장의 소음. 누군가의 세상은 이제 막 시작되는지 나만의 새벽, 그 고요함은 그렇게 곧 깨지고 말았다.

처음 라디오 프로그램을 맡게 되었을 때 나의 고민은 목소리의 '볼륨'을 조절하는 일이었다. 물론 라디오 자체에 볼륨 조절 기능이 있긴 하지만, Min-Max로는 조절이 안 되는 '감성'이라는 것이 있다. 보통 '필(feel)'이라고 표현되는 그 감성이란 참으로 애매해서 한두 마디로는 정의가 잘 되지 않는다. 사랑에 빠지게 될 때의 느낌과 비슷하다고 하면 맞을까? 아무런 이유도 원인도 없이 운명적으로 빠져들게 되는, 말로는 형용할 수 없는 '그냥 느낌' 말이다.

학창시절, 어둠 속에서 속삭이는 라디오 DJ에 대한 기억 때문일까. 캄캄한 어둠 속에서 유일하게 깜빡이던 빨간 라디오 불빛은 아직 잠들지 않았음에도 이미 잠든 듯 아늑한, 몽환과 몽상의 딱 중간이었다.

그렇다면 새벽 5시, 〈상쾌한 아침〉에서 만나는 나의 목소리는 사람들에게 어떤 느낌일까? 하루를 시작할 때의 '발랄함'과 하루를 마감할 때의 '고요함' 그 중간의 목소리를 내는 일은 내겐 참 어려운 일이다.

목소리 볼륨에 대한 고민이 한창일 때, '목소리가 아니라 귀에도 볼륨 조절기가 달려 있으면 어떨까' 하는 엉뚱한 상상을 해봤다. 그런데 어느 날, 거짓말처럼 귀의 볼륨이 조절되기 시작했다. 물론 내 의지와는 상관없는 엉망진창 톤이긴 했지만 말이다. 지독한 감기, 계속되는 기침에 급기야 한쪽 귀가 들리지 않았다. 침도 삼켜보고, 코를 눌러 귀에다 바람도 넣어보고 했지만 증상은 열흘 가까이 계속됐다.

그런데 참 이상하지? 생활하기가 매우 불편했음에도 뭐랄까, 멍멍한 귀로 느끼는 세상은 생각보다 평화로웠다. 갑자기 온 세상이 고요해진 느낌이랄까. 뒤에서 성질 급한 차가 아무리 경적을 울려대도 기분이 그리 나쁘지 않았고, 옆에서 수군거리는 누군가의 불필요한 이야기에도 별 반응을 하지 않게 되었다.

그러나 역시 세상은 그리 녹록지 않았다. 내가 예민하게 들어야만 하는 방송의 VCR 현장음을 자꾸만 놓치게 되고, 리시버를 통해 전해지는 PD 선배의 콜사인이 흐릿하게 들렸다.

세상을 살아가다 보면 화가 나 목소리를 높이기도 하고, 한참 주눅이 들어 우물쭈물 혼잣말을 하기도 한다. 듣는 일 역시 크게 다르지는 않아서, 듣고 싶은 이야기에 귀가 아주 커졌다가도 짜증스런 이야기에는 아예 귀를 틀어막아 버리기도 한다.

그러나 결국 그 모든 것은 목소리나 청력의 볼륨 조절 문제가 아니다. 어떤 상황이든 탄력적으로 대응할 수 있는 마음의 볼륨 조절, 즉 평상심을 유지하는 일이다.

문득 우리들의 일상이 새벽 5시의 풍경과 같다는 생각을 했다. 때로는 활기가 넘치다가도 어쩌다 보면 지치기도 주저앉기도 하는 우리네 삶. 그 가운데에서 늘 듣기 편안한 음색을 유지하기 위해서는 서막과 클라이맥스 그리고 엔딩까지, 전체적인 흐름을 탈 줄 아는 마음의 유연성이 필요하다.

쉴 새 없이 역동적으로 펼쳐지는 이 하루. 쉼표, 되돌이표를 끊임없이 거치다 보면 아름다운 음악 한 곡이 완성되지 않을까.

격동보다는 감동을

"혹시 하이힐 신고 달리기라도 하시나요?"

자주 만나지만 친해질 수 없는 사람이 있다. 우리 회사 구둣방 아저씨. 유난히 구두굽이 자주 닳아 한 달에도 몇 번씩 수선집을 찾지만, 구두를 내밀 때면 유난히 공손(?)해진다. 이리저리 벗겨지고 상처가 난 만신창이 구두. 아저씨는 그 구두를 보고도 그저 웃어주시지만 사실 나는 부끄러워서 고개를 들 수가 없다.

실제로 나는 하이힐을 신고도 꽤 잘 달린다. 촌각을 다투는 직업인지라 방송 시간에 맞추기 위해 회사 복도를 질주하는 일이 많다. 그러다 보니 비싼 구두를 살 필요가 없게 됐다. 구두의 가격은 절대로 구두의 수명과 비례하지 않기 때문에. 어느새 인터넷 쇼핑몰에서 최저 가격순으로 구두를 검색하는 나를 발견한다.

"천천히 꼭꼭 씹어 드세요. 무엇보다 그게 약이에요."

입사를 전후해 위 내시경 검사를 한 네댓 번 정도 받은 것 같다. 그때마다 헛구역질 두 번에 모든 검사를 끝냈다고 자랑삼아 말했지만, 고질적인 위장염은 먹는 즐거움을 앗아갔다. 고등학교 방송반 시절부터 내겐 점심시간이 없었다. 10분 안에 모든 식사를 마치는 민첩성은 아마 그때부터 길러진 것 같다.

그러나 위의 분해속도는 씹는 속도를 쫓아가지 못했다. 분명 힘내려고 밥을 먹었는데 먹고 나면 힘이 든다. 어릴 때부터 엄마한테 들었던 "100번씩 꼭꼭 씹어 먹으라"는 잔소리는 다 자라 나이 서른이 지나서야 실천하는 중이다. 그러나 여전히 100번은 무리다.

"누가 뒤에서 쫓아오냐? 천천히 해. 의미전달이 잘 안 되잖아."

입사 후 교육시절. 뉴스 합평회를 하면 꼭 받는 지적이었다. 속도가 빨라도 또랑또랑하면 문제가 없지만, 빠르게 읽어내려가다 보면 꼭 더듬는 일이 생긴다. 무엇이 그리 급했던 걸까. 가끔은 무슨 내용의 기사를 읽었는지조차 기억이 안 날 때가 있다.

7년차인 지금도 뉴스 부스에 앉으면 심장이 쿵쾅거린다. '천천히! 천천히!'를 다섯 번 외치고 심호흡 한 번. 더듬을 개연성 있는 단어에는 동그라미까지 그려 넣는다. 그러나 속도를 줄이기란 쉽지 않다. 간혹 '내가 그린 기린 그림' '경찰청 쇠창살 철창살'류의 문장을 빨리 읽으며 발음연습을 하는 경우가 있는데 그런 연습은 참 무의미한 것 같다. '빨리'보다 중요한 건 '정확하게'라는 걸 현장에서 매일 느끼기 때문이다.

빠르다는 걸 자랑하던 시절이 있었다. 남들보다 달리기가 빨라 운동회 날이면 늘 손목에 1등 마크를 찍었고 청백대항 계주에서도 늘 역전의 신화를 써내려갔다. 학창시절엔 따박따박 지기 싫어하는 근성이 있어 방송반 회칙에는 '지애랑은 말싸움하지 말 것'이 장난처럼 적혀 있었다. 성격 역시 급한 편이라 '기면 기고 아니면 아님'이 분명했던, 나름 쿨한 여고생이었다. 대학 시절, 발표 조에 같이 배정되면 친구들은 쾌재를 외쳤다. '매도 먼저 맞는다'는 주의의 조장 덕에 늘 발표를 일찍 마치고 여유 있는 한 학기를 보낼 수 있었기 때문이다.

그러나 그런 삶이 숨 가쁘게 느껴진 건 왜였을까? 성질 급한 사람은 화를 내면서도 사과할 준비를 한다는데, 급하게 달리며 살아온 삶 속에서 자꾸만 뒤를 돌아볼 일들이 생겨났다. 무언가 빨리 결론 내리려 했던 급한 마음은 한 템포 쉬며 돌아보면 아름다울 일상들을 기억조차 못하게 만들어버렸다. '생각할 시간이 없으니 달리면서 생각하자' 했던 시간들. 그러나 언제나 쿵쾅쿵쾅 격동하는 심장으로는 그 어떤 것도 따뜻하게 느낄 수가 없었다. 박동이 가득한 심장에 어느덧 감동은 사라져갔다.

얼마 전 올림픽대로를 달리다 길가에 비둘기가 죽어 있는 모습을 보게 되었다. 로드킬을 당한 비둘기의 가슴에는 커다란 바퀴 자국이 굵직하게 남아 있었다. 달리는 도로에서는 누구도 비둘기의 주검을 치워줄 여유가 없다. 평화의 상징이 아닌, 각박한 이 사회의 상징. 어쩐 일인지 죽은 비둘기보다 숨 가쁘게 살아가는 사람들이 더 안쓰럽다는 생각이 들었다.

사람과 비둘기의 속도가 같았던 시절. 비둘기는 그냥 '평화의 상징'이었다. '구구구구' 사람들은 공원에 찾아온 비둘기와 과자도 나눠먹었고 그 모습을 정성스레 사진에 담기도 했다. 그러나 1분에 100여 걸음

남짓 걷던 사람들이 시속 80~100킬로미터를 달리게 되면서 비둘기는 우리와 함께 살아갈 수 없는 처지가 되어버렸다. 비둘기의 죽음으로 도로 위의 평화는 사라졌다.

요즘도 나는 여전히 하이힐을 신고 뛴다. 뛰다가 중간에 급하게 빵으로 식사를 때우기도 하고, 달려 들어간 스튜디오에서 열심히 뉴스를 씹어대기도 한다.

그러다 가끔 멍하니 생각해 본다. 무엇을 위해 달렸는가. 무엇 때문에 이 심장이 이렇게 뛰는 것인가. 교통사고 현장에서 사망 시신의 가슴에 손을 넣고 '여전히 따스하다' 느꼈다던 한 기자 선배의 이야기. 내 심장이 그만큼도 따뜻하지 못하면 어쩌나 싶어 소름이 끼쳤다.

〈6시 내고향〉과 〈9시 뉴스〉의 속도는 분명 다르다. 그러나 그 안에는 늘 사람의 이야기가 있음을 이 심장이 잊지 말아줬으면 좋겠다.

괴물

"용기를 내어 그대가 생각하는 대로 살지 않으면,

머지않아 그대는 사는 대로 생각하게 된다."

… 폴 발레리

생각하는 대로 살게 된다면

난 아마

머리가 일곱 정도 달린 괴물로 살게 될 거야.

눈은 열네 개 정도 달렸겠지.

그래도 뭐,

두 개의 눈으로

표정없이 사는 것보다는 낫지 않을까.

식사 한번 하시죠

오랜만에 러닝머신 위에 섰다. 겨우내 무거워진 몸에 나태함과 게으름이 덕지덕지 붙어 실제 무게보다 몇 배나 무겁게 느껴진다. 땀이 막 송글송글 맺힐 무렵, 휴대전화가 요란하게 울렸다. 이제 막 예열이 다 된 기계 위에 멈춰 설 수는 없고, 뒤뚱거리며 힘겹게 휴대전화를 받았다. 어? 781-XXXX? 회사잖아? 음음! 목소리를 가다듬는다. 전화 너머 상대는 친절한 목소리의 안내언니다.

"이지애 아나운서시죠? 혹시 노량진녀라고 아시나요? 이지애 씨랑 약속한 게 있다고 하는데, 연락이 안 된다고 직접 전화를 주셔서요. 혹시 아는 분이신가요?"

"네에? 노량진녀요? 그게 이름인가요?"

순간 갸우뚱, 여전히 레일 위를 달리며 건성건성 대답을 했다.

"네. 성함은 차영란 씨인데 그렇게만 얘기해도 아실 거라면서 전화번호를 남기셨어요."

아아, 노량진녀! 그제야 생각이 난다. 〈감성다큐 미지수〉라는 프로그램에서 만났던 10월의 핫 피플.

수많은 언론매체에서 '세상을 바꾼 1인'이라고 소개된 그녀는 노량진에서 학원에 다니며 공부를 한 20대 후반의 임용고시 준비생이다. 평범한 취업준비생이 왜 갑자기 포털사이트 메인을 장식하는 유명인사가 되었을까?

그 이유는 그녀의 아픔에서 출발한다. 부모님을 떠나 공부를 하며 홀로서기를 시작한 지 10년째. 아이들에게 올바른 세상을 가르치는 사회교사를 꿈꾸며 임용시험을 준비해 왔는데, 시험 한 달 전 발표된 공고문에서 그녀가 지원한 공통사회 과목에 올해 임용계획이 없음을 알게 된 것이다. 온 마음을 쏟았던 사랑에게서 받은 갑작스런 이별통보에 비견할 수 있을까. 배신감, 공허함, 억울함. 그녀는 한동안 정신을 차릴 수 없었다.

그러나 수많은 수험생이 좌절에 빠져 있을 때, 그녀는 홀로 노량진 거리로 나섰다. 같은 마음을 가진 동료들의 서명을 받아 교육과학기술부 장관에게 데이트 신청을 한 것이다. '시위'가 아닌 '데이트 신청'. 그렇게 그녀는 장관으로부터 '임용고시 사전예고제'를 약속받았다. 그후 그녀는 '노량진녀'라는 이름으로 알려졌고 혼자 힘으로 세상을 바꾼 당찬 여인으로 유명세를 타게 되었다. 그녀의 사연을 프로그램에서 다룬 적이 있었다.

그런데 그녀와의 약속이라……. 언뜻 생각이 나지 않았다. 그러다 설마, 혹시 그거? 번개처럼 뇌리를 스친 짧막한 방송의 한 장면. 연말 후속촬영차 하게 된 그녀와의 영상통화였다. 방송 아이템으로 다뤘던 인물들의 근황을 전하며 그녀와 나눴던 잠깐의 대화. 거기서 그녀는 곧 첫 월급을 탄다며 내게 밥을 사겠다고 했다. 아차, 그거였구나! 나는 서둘러 그녀에게 연락을 했고 몇 주 후 결국 그녀와 만나게 되었다.

그녀와의 만남은 내게 많은 것을 생각하게 했다. 흔하게 인사처럼 건네는 말, '우리 언제 밥 한번 먹자.' 진짜 식사를 하고 싶은 거라면 다이어리를 꺼내들고 스케줄을 체크하는 것이 맞으련만, 우리는 그렇게 인사를 나누고는 돌아서서 곧 잊어버린다.

언젠가 친한 선배 한 분이 그저 '언제 밥 한번 먹자' 하는 사람과는 절대 같이 식사를 하지 말라고 한 적이 있다. 적극적으로 약속을 잡지 않는다면, 적어도 그 사람은 나와 식사를 하고 싶은 마음이 없는 거라는 이야기였다. 딱히 할 말은 없고 약간의 친근감 정도는 표현하고 싶은, 일종의 지나가는 인사라는 것. 생각해 보니 나도 그랬다. 언젠가 그다지 친하지 않은 사람과 밥 한번 먹자는 인사를 나누고 며칠 후 그에게 진짜 전화가 왔을 때 적잖이 당황했던 경험이 있었다.

'시계 사오기, 약속 지키기, 바보야!'

일곱 살 무렵이었던가? 생일에 손목시계를 사주기로 한 아빠의 약속이 며칠 늦어지자, 나는 잘 쓰지도 못하는 글씨로 아빠에게 편지를 썼다. '약속'이라는 건 꼭 지켜야 하는 거라고, 나는 그렇게 배웠노라고 적은 그 쪽지를 아빠는 아직까지 보관하고 계신다. 어린 딸에게 '바보야'라고 불렸던 그 다음날 밤 아빠는 예쁜 시계를 사오셨다.

노량진녀. 과연 그녀가 특별한 걸까. 1인 시위를 시작해 원하던 결

242

과물을 얻었을 때, 그녀는 그 결과물보다 자신을 대단하게 여기는 사람들이 더 놀라웠다고 했다. 불합리하다면 바꿔야하는 것이 아니냐는 그녀의 이야기를 들으며, 나는 약속한 거라면 반드시 지켜야 하는 것 아니냐는 울림을 함께 들었다. 지금껏 그래왔기 때문에 앞으로 그래도 되는 것은 없다. 아니라면 바꿔야 하는 것이고, 맞다면 이행해야 하는 것이 우리가 배워온 원칙이었다.

꽤 추운 날씨임에도 얼음 음료를 골라 마시는 피 끓는 열정의 그녀를 보며, 올해 초 스스로에게 했던 약속들을 떠올려본다. 과연 얼마나 지켜오고 있었는지. 그냥 지나치는 말이었다고 스스로에게 변명하고 있지는 않은지.

파워 워킹

"요즘 고민이 뭐니?"

어느 날 친구가 묻는데 그 순간 아득해진다. 내 고민이 뭐더라? 고민이 뭔지 고민하게 되는 걸 보니, 다행히 요즘은 신상이 꽤나 평안한가 보다. 꼭 답을 해야 하는 것도 아닌데 굳이 찾아낸 나의 고민은 우습게도 다이어트였다. 그러고 보니 다이어트 고민은 요즘 고민이 아니라, 평생 해온 고민인 것 같다.

그래도 뭐, 전문 트레이너가 인터뷰에서 그랬다. 다이어트는 평생 하는 거라고. 직업이 다이어트 전문가니까 밥벌이를 위해 하는 말이겠거니 치부하는 사람도 있겠지만 그렇게 말하는 사람의 경우는 분명 셋 중 하나일 것이다. 다이어트가 필요 없는 '모태 스키니족'이거나, 먹어도 살이 찌지 않아 오히려 살찌는 법을 연구하는 사람들이거나, 혹은 몸매 따위에는 관심조차 둘 수 없는 아주 바쁜 사람들의 경우다.

그러나 이들과 다르게 여름을 앞에 두고 있는 거의 대부분의 여성들은 슬프게도 다이어트 고민에서 벗어날 수가 없다. 그 사실이 언제나 자존심을 상하게 하지만 말이다.

하긴, 한때 나도 깡마른 여자였던 적이 있긴 했다. 물론 다 자라기도 전인 초등학생 때긴 하지만. 어릴 적 몸이 약했던 언니의 약을 짓는 김에, 엄마가 돈을 좀더 쓰신 모양이다. 그게 아마 흑염소 진액이었나 그랬다.

"아휴, 우리 딸은 약도 참 잘 먹네."

엄마의 칭찬이 좋아 나는 그 쓰디쓴 약을 후룩후룩 잘도 마셨다. 정작 아픈 건 내가 아닌데도 말이다. 그후 나는 조금만 먹어도 금방 살이 찌는 아이가 되어버렸다. 좋게 말하면 체질개선인데 지금 생각해도 그때 반항이라는 걸 좀 했어야 했다.

그래도 그간 사는 데는 크게 문제가 없었다. 통통한 볼은 동안의 상징이며 요즘은 꿀벅지가 대세라고, 늘씬한 미녀는 아니지만 복스러운 맏며느리감이라는 이야기를 자랑삼아 스스로에게 어느 정도의 면죄부를 주며 지냈던 것 같다. 그러던 어느 날 생방송을 마치고 스튜디오를 나서는데 친한 감독님 한 분이 나를 붙잡더니 그러신다.

"지애야, 이제 야식은 그만 먹어라."

웃으면서 하신 말씀인데 왜 그리 민망했을까. '아, 이런 이야기까지 듣다니 나는 정말 프로가 아니구나.' 얼굴이 화끈거렸다.

그후 시간이 날 때마다 밖에 나가 걷는 버릇이 생겼다. 일찍 퇴근한 날은 집 앞 하천 변을 걷고, 심야근무가 있는 날은 회사 앞 여의도공원을 걷고, 비가 오는 날은 아파트 지하에 내려가 트레드밀 위에서 걷는다. 방식은 팔을 앞뒤로 힘차게 휘젓는 파워 워킹. 저러다 누구 치겠다 싶을 만큼 격한 걷기운동이다. 씰룩쌜룩. 땀복을 입은 아줌마들이 애용하는 주법이긴 하지만 운동 효과는 정말 대단하다.

어느 날 집에 놀러 왔던 손님들을 환송하고 들어가는 길, 남편이 제안한다.

"지애야, 우리 바람도 좋은데 잠깐 산책이나 할까?"

좋지! 오늘은 손님 치르느라 운동도 못했고 평소보다 먹은 양도 많으니 좀 걷고는 싶은데, 문제는 집 앞이라 슬리퍼를 신고 나왔다는 것이다.

'걷기에는 좀 불편한 신발인데' 생각하는데 남편이 대뜸 그런다.

"쉬엄쉬엄 천천히 걸으면 되지. 말 그대로 산책. 너 요즘 너무 여유가 없어 보여."

그래, 맞아. 산책. 그러고 보니 언제부턴가 산책이란 걸 따로 한 기억이 없다. 시간이 있고 마침 운동화를 신고 있다면 그때 오히려 하게 되는 것은 파워 워킹. 걷기라는 행위는 내게 다이어트를 위해서만 필요한 운동(가끔은 노동)일 뿐이었다.

팔을 앞뒤로 거세게 흔들며 걷다 보면 팔도 저리고, 땀도 흐르고, 가끔은 발바닥도 뜨끈뜨끈하다. 앉아서 쉴 만한 그 순간조차도 귀는 이어폰으로 틀어막아 버린다. 예전에는 바람 소리, 풀벌레 소리가 좋아서 하지 않던 일. 그러나 이제는 선곡부터가 요란하다. 걷는 속도에 힘이 실릴 만한 빠르고 시끄러운 곡들이 대부분이다. 이유는 단순히 느리게 걷는 게 싫어서, 그건 다이어트에 도움이 안 되니까.

아, 목도 마르고 이젠 귀까지 얼얼하구나 느낄 때쯤이 되면 어김없이 그런 생각이 든다. '휴우, 무얼 위해 내가 이러고 있나.'

스스로에게 그렇게 기꺼이 고통이란 걸 허락하면서 어느 순간 천천히 걷는 여유를 잃어버렸다. 한량들이나 하는 시간 낭비. 세상에, 어느 땐가부터 산책이 내게 그렇게 되어버렸나 보다. 여유, 여유, 여유! 언제나 가슴에 새겨왔다고 믿었는데, 그렇게 새긴다고 되는 것이 아니었던 거다. 조금씩 비울 때에야 비로소 생기는 것이 삶의 여백이고 여유였다.

늘 예쁘기보다 아름답기를 꿈꾸며 지내왔는데. 언제나 여유가 넘치는, 마음의 깊이가 있는 사람이고 싶었는데. 어느 순간, 날마다 좁은 체중계 위에 안타까이 올라서 있는 자신이 한심하다 느껴졌다. 매일같이 스스로를 달아보는 빡빡한 마음. 살집이 조금 줄어들었다는 것에는 뛸 듯이 기뻐하면서, 마음의 공간이 함께 줄어버렸다는 슬픈 사실에는 되레 무감각했다.

자존감의 상실이랄까, 영혼의 유실이랄까. 과연 그 체중계가 나라는 사람을 얼마나 달아낼 수 있을지 알지도 못하면서 그렇게 하루에도 몇 번씩 체중계 위를 오르락내리락했다. 단순히 빨리 걷고 마는 그 행위로 인해 어쩌면 나의 '내실'이 '감량'되어 버린 건지도 몰랐다. 그렇게 천천히 걷는 법을 완전히 잊어버렸으니 말이다.

남편의 손을 가볍게 잡고, 천천히 나무 아래를 걸으며 귀에서 이어폰을 빼어낸다. 귀를 틀어막고 빨리 걸을 때는 몰랐던 아카시아 향이 코끝에 진동한다. 귀를 막았을 땐 다른 감각도 정지되었던 걸까. 열린 귓가에 풀벌레 소리, 개구리 울음소리 그리고 말간 바람 소리까지 들린다. 그 바람이 참 간지럽게 사랑스럽다.

독일의 철학자 니체는 말했다. 살아갈 이유가 있는 사람은 어떠한 현실도 이겨낸다고. 그것이 바로 파워, 에너지가 아닐까. 파워 워킹. 진짜 힘있는 걸음걸이는 우리의 삶 속에서 계속되어야 한다. 무거운 살 따위는 결코 우리의 삶을 무겁게 만들 수 없다. 삶을 무겁게 하는 건 언제나 마음이지 몸이 아니었다. 그리고 무게 있는 삶이란 게 왜 꼭 나쁘기만 하겠는가. 가끔은 채워가며 또 가끔은 비워가며 그렇게 경쾌하게 걷는 것이 진짜 파워 워킹이 아닐까 싶다.

오늘도
꿈꾸기

예쁜 사람이기보다
아름다운 사람이기를.

똑똑하기보다
지혜로운 사람이기를.

한가하진 않아도
늘 여유 있는 사람이기를.

위로하는 권력

흔히들 우리가 사는 세상을 '더불어 사는 세상'이라 말한다. 국어사전에서 '더불다'는 둘 이상의 사람이 함께하거나, 무엇을 같이 할 때, 혹은 어떤 일이 동시에 일어나는 상황을 의미한다.

그러나 세상을 살아가다 보면, 분명 공유할 수 없는 것들이 있음을 발견한다. 이를테면 '공동으로' 추구하는 '제한된' 그 무언가.

어릴 적부터 쌍둥이 같았던 언니와 나는, 패션 감각이 뛰어난 엄마 덕에 늘 예쁘게 옷을 입었다. 같은 디자인에 색깔만 다른 옷을 쌍둥이처럼 입고 다니면 어딜 가나 공주님 대접을 받는 귀여운 꼬마들이었다. 그러나 키가 자라고 자기주장을 하게 되면서부터 우리는 엄마가 사 오신 옷을 고분고분 입지 않게 되었다. 언니 몫으로 마련된 옷이 더 예쁘면 예외 없이 다툼이 일어나곤 했는데 그때마다 엄마가 하셨던 말씀은 '사이좋게 나눠입어라'였다. 그러나 나는 그 이야기를 이해할 수 없었다.

'과자 부스러기라면 한 입씩 나눠먹을 수 있겠지만 옷을 어떻게 나눠입는담?'

물론 엄마는 '기회'를 나눠가지라는 말씀이었겠지만, 당장에 불만에 가득 찬 나는 언제나 언니에게 그 기회를 양보해야 했다.

두 사람 이상이 공동으로 추구하는 무언가가 있다면, 그것은 누구한 사람이 먼저 양보하지 않는 한 필연적으로 갈등을 유발한다. 이를 조정하기 위해 생겨난 개념이 '권력'이다. 조악하게나마 공부한 정치학에서 정의하는 권력은 '제한된 자원을 분배하는 힘'이라 하는데, 사실 우리 생활 속에서 정치는 여의도 국회가 아니라 매일 내 옆자리에서 일어난다. '영향력'이라는 다른 이름으로.

직장 상사의 불합리한 요구를 말없이 따라야 한다면 그것은 그 사람이 권력을 가졌기 때문이다. 철없는 조카에게 조용히 하라고 꾸짖을 수 있다면 내겐 권력이 있는 것이다. 관계에 영향을 주는 사람이냐, 영향을 받는 사람이냐의 여부가 권력관계를 정의한다는 것이다. 때문에 우리의 삶 속에는 끊임없이 영향력을 주고받는 '정치'가 이뤄지고 있다.

외부 인사가 가득 모인 한 특집 프로그램에서였다. 방송을 마친 후, 사내 고위 간부가 다가와 활짝 웃으며 말을 건넸다.

"이지애 씨, 잘 보고 있어요. 어쩜 그리 예쁘게 방송을 잘할까."

두 가지 사실에 나는 놀랐다. 그분이 내 이름을 정확히 알고 있다는 것과 칭찬에 인색하기로 소문난 분이 내게 칭찬을 해주었다는 것. 그분에 대한 호불호가 전혀 없이 뒷소문만 듣고 있었던 나는, 순간 '권력의 힘이란 이런 것이구나'를 느꼈다. 아침부터 저녁까지 꽉 찬 스케

줄에 매우 지친 상태였음에도 그분의 말 한마디에 피로를 싹 잊게 되더라는 것이다.

권력이란 이렇게 '힘'이 있는 것이다. 설령 그것이 비난받는 권력일지라도, 그 칭찬이 혹 빈말이었을지라도 말이다. 그 순간 생각했다. 내가 가진 것이, 혹은 내가 추구하는 것이 권력 그 비슷한 것이라면 이렇게 누군가를 '위로'하는 데 사용되었으면 좋겠다고.

그해는 유독 거물들의 사망소식이 잇따랐던 해였다. 김수환 추기경의 선종에 이어 노무현 전 대통령의 서거, 그리고 팝의 황제 마이클 잭슨의 돌연사까지.

정치적이든, 종교적이든, 문화적이든 한때 지대한 영향을 끼쳤던 이들의 죽음이 꽤 오랜 시간 사람들의 가슴에 남는 것은 우리 중 누군가는 분명, 그들에게 '위로'를 받았던 경험이 있기 때문이다. 김수환 추기경은 소외되고 핍박받는 이들의 수호자로, 노무현 대통령은 권위를 벗은 인간다움으로, 마이클 잭슨은 혼을 담은 음악으로 대중을 위로했다. 그들이 가진 권력은 무겁고 차가운 것이 아니라 이렇듯 따뜻하고 편안한 것이었다.

회사 복도를 지나다가 예전에 함께 일했던 부장님을 만났다. 우울한 표정으로 꽃을 한다발 안고 계셨다.

"부장님! 웬 꽃이에요? 오늘 무슨 날이에요?" 여쭸더니, 그분은 "너무 울적해서 책상에다 꽂아두려고"라고 하셨다. 카리스마 넘치는 열혈 부장님 역시 울적하고 우울할 때가 있구나……. 권력은 누군가와의 관계에서 힘을 발휘하는 것일 뿐, 권력자는 가끔 이렇게 위로가 필요할지도 모른다는 생각을 했다.

많은 사람들이 힘을 얻기 위해 그토록 치열하게 살아가면서도 권력을 추구하는 사람을 보면 쉽게 비난을 한다. 너무나 '세속적'이라고. 그러나 속세를 살아가는 인간이 세속적이라는 사실은 비난거리가 될 수 없을 것 같다. 다만 그것을 추구하는 방식과 목적이 문제인 듯 싶다.

위로를 받아본 사람만이 누군가를 위로할 수 있다. 우리의 하루 속에 매일 일어나는 정치. 누구나가, 스스로를 다스려야 하는 통치자라고 한다면, 우리의 하루는 이렇게 서로를 더불어 위로하는 모습이었으면 한다.

눈물을 닦아주는 권력, 말없이 안아주는 권력 말이다.

오늘 아침
신문에서 날씨정보를 보다가
순간, 울컥 했습니다.

'온 나라 흐리겠음.'

그거,
비단 날씨 이야기였을까요.

맛있는 말,
칭찬

"예뻐지셨네요."

남자들이 착각하는 게 하나 있다. 모든 여자들이 예뻐졌다는 칭찬에 약할 거라는 생각이다. 그러나 틀렸다. 예뻐졌다는 이야기에 '나는 원래 예뻤거든요' 하는 사람도 있고 '나한테 뭐 부탁할 게 있나?' 생각하는 사람도 있다. 물론 단순한 인사치레로 딱히 응대할 필요성을 느끼지 못하는 이도 있을 것이다.

어떤 경우엔 심지어 불쾌하다 느낀 적도 있었다. 며칠 밤을 꼬박 새우고 매우 피곤한 상태로 있던 날 거울로 까칠한 내 모습을 확인하며 한숨 쉬고 있는데, 딱 그때 들은 얘기였기 때문이다. '이건 뭐, 칭찬도 아니고 내 상태에 관심이 있긴 한 건가? 다짜고짜 그렇게 말하면 본인한테 호의를 베풀어줄 거라는 꼼수인 건가?' 까칠한 얼굴만큼 마음까지 까칠해진 탓에 대꾸조차 하지 않았다.

그러나 요즘 예뻐졌다는 이야기에 온종일 거울만 들여다봤다는 친구를 보면 칭찬의 힘이 얼마나 큰지 알 수 있다.

칭찬에는 몇 가지 조건이 있다고 한다. 구체적으로, 행위에 대해서,

즉시 타인에게 말할 것. 다시 말해 '요즘 방송 참 괜찮더라'하는 식의 칭찬은 그다지 감동적이지 않다는 것이다. 오늘 방송의 무엇이 좋았던 건지. 구체적으로 의상인지, 멘트인지, 표정인지, '요즘'이라 하면 어제 그제를 말하는 건지, 딱 오늘을 이야기하는 건지. 괜찮다는 말은 그동안은 문제가 많았다는 건지, 안 좋았다가 이제야 좋아지고 있다는 건지, 오늘 특별히 잘했다는 건지…….

이렇듯 칭찬의 내용이 모호한 경우에는 '더 잘해보자' 마음먹는 타이밍에도 고개를 갸우뚱하게 된다. 단순히 안도하는 바는 '그래도 뭐, 나쁘지 않았다니 다행이구나……'정도?

가장 좋은 칭찬은 누군가의 입을 빌린 칭찬이다.

"어제 부장님을 만났는데 너 칭찬 많이 하시더라. 요새 얼굴도 밝아졌고 방송할 때 생기가 돈다고. 환한 기운이 느껴져서 멘트에도 힘이 있고 시청자들을 저절로 웃음짓게 한다고 자랑이 대단하시던걸? 무슨 좋은 일이라도 있는 거야?"

언젠가 내가 들었던 가장 기분 좋은 칭찬이었다. 무언가 다른 의도가 엿보이는 이야기도 아니고, 구체적으로 무엇을 좋게 보셨는지 알 수가 있어 그 부분에 더 신경을 쓰며 노력하게 되었다. 누군가를 칭찬하기 위해 거짓말까지 동원할 필요는 없지만, 진심을 담은 칭찬은 분명 조금 더 나은 나를 만들기 위한 동력이 된다는 점에서, 과거보다는 미래를 위해 꼭 필요한 일이다.

"아침에 길을 걷다가 오랜만에 누군가와 마주쳤어. '형님, 요새 얼굴이 좋아지셨네요' 하더군. 그런데 점심을 먹고 비슷한 상황에서 다른 이를 만났는데 대뜸 그러는 거야. '형님, 요즘 고단하신가 봐요. 얼굴이 상하셨네요?' 그렇다면 진실은 뭘까? 실제 나의 상태는 변함이 없어. 좋지도 나쁘지도 않았지. 그렇다면 그들이 거짓말을 한 걸까? 아니. 단지 인사치레로 한 말일 수도 있고, 그 순간 진짜 그렇게 느낀 것일 수도 있지. 지나고 나면 그들이 기억조차 하지 못할 이야기에는 마음을 빼앗기지 않는 게 낫단다."

사람들이 무심코 던지는 이야기에 부화뇌동하지 말라며 언젠가 아빠가 해주신 말씀이다. 하지만 이왕에 기억도 못할 말이라면 한번 씨익 웃을 수 있는, 칭찬을 담은 좋은 말이 낫지 않았을까? 아마 다음번에 그 사람을 만나게 되면 먼저 웃어줄 수 있게 될 테니 말이다.

초등학교 3학년 시절 우리 담임선생님은 일기장에 꼭 코멘트를 달아주셨다. 그 한 줄의 이야기를 듣고 싶어 그해 일기는 밀리지 않고 꼬박꼬박 썼던 기억이 있다. '참 잘했어요'라는 똑같은 모양의 별 다섯 개짜리 도장은 별다른 감동이 되지 않았다.

하지만 단 한 줄이라도 꼭 내게만 적어주셨던 선생님의 이야기는 어른이 된 지금까지도 내 가슴을 촉촉하게 만든다. 진심을 담은 따뜻한 말은 사람을 무장해제시키는 힘이 있다. 돈을 들이지 않고 절망에 빠진 사람을 이끌어낼 수 있으며 그 사람을 내 편으로 만들 수도 있다. 매일 반복되는 고된 일상 속에서 돈도 안 드는 서로의 친밀한 온기로 좀더 따뜻한 세상을 만들어보면 어떨까. 꼭 그 사람에게 할 수 있는 나만의 이야기로 말이다.

말

정체를 알 수 없어 흩어졌던 마음들이
몇 마디 말로 맺어지며 유의미해지고,
그렇게 알아채버린 마음을 어쩌지 못해 가슴만 두드리다
결국, 그 마음을 놓아버린다.

기억조차 하지 못하는 마음을
그깟 말 몇 마디로 쉽게 규정지어 버리다니,
마음은 한없이 무거운데
말은 왜 그토록 가벼웠을까.

적게 말하는 것은
전혀 말하지 않는 것보다
언제나 더 어려운 일이라 했거늘,
말이 마음을 다 담지 못함에도
늘 마음보다 말의 손을 들어줬다.

천사와 악마의 차이는

그 모습이 아니라, 말의 차이라 하더니

천사의 얼굴을 하고 악마의 말을 해버렸다.

쏟아진 말 속에서 쏟아진 마음을 주워담는다.

아, 많이 아프다…….

가을 옷을
입은 마음

띠링······.

나른한 7월의 어느 날 오후. 점심식사를 마치고 사무실에 앉아 있는데 함께 일하는 음악감독님에게서 문자메시지가 왔다.

"조금 전 지나치는 옆모습에서 스친 가을 냄새. 계절을 하나씩 앞서 가는 건가."

가을 냄새? 패션계야 유행을 한 계절씩 앞서 간다고는 하지만 생뚱 맞게 패션 감각에 대한 칭찬일 리는 없고. 장마 지나 불볕더위가 한창 인 한여름에 가을 냄새라······.

분위기 파악을 못한다는 뜻일까? 까칠해진 마음에 고개가 갸우뚱. 음악하는 분들이야 워낙 감상적이라고는 하지만 가끔씩 날아오는 시 적인 메시지에는 대체 어떻게 답을 해야 하나 난감해지곤 한다.

"가을 냄새요? 브라운 셔츠를 입어서 그런가 보네요"라고 머쓱하게 답을 하니 이어진 그분의 메시지.

"사실 지애 씨한테서는 사계절 내내 가을 냄새가 난다는. 마음이 갈 색 셔츠를 입은 것은 아닌지."

'마음에서 나는 가을향'이라. 어떤 의미로 하신 말씀일까? 개인적으로 가을을 좋아하기는 하지만 보통 가을이라고 하면 스산하고 우울한 느낌인데……. 내가 좀 청승맞아 보이나?

문득 가을이 다른 이들에게는 어떤 느낌일지 궁금해져 이제 막 사무실에 들어선 앞자리 윤 선배에게 슬쩍 물었다.

"선배, 가을 하면 어떤 느낌이 들어요? 그냥 딱 처음 드는 느낌!"

"가을? 휴가! 나 올가을에 휴가갈 거거든."

장난스럽게 말문을 연 선배는 친절하게도 거기에 몇 가지 더 얹어 답해준다. "가을 하면 차분함? 여름의 열기가 식은 쾌청한 느낌? 뭐 그런 거 아닌가? 정 선배! 선배는 가을 하면 어떤 느낌이세요?"

마침 옆자리를 지나던 또다른 선배에게 질문 토스!

"가을? 뭐, 심리테스트야? 가을 하면 청명함! 추석을 앞둔 들뜬 분주함? 풍요로움 같은 거?"

'오호라. 가을이란 계절이 쓸쓸하지만은 않구나.'

듣고 보니 그렇다. 꽤 단순한 질문임에도 사람마다 이렇게나 느낌이 다를 수 있음을 새삼 깨닫는다. '가을 느낌'에 대한 질문은 다음날 점심식사 자리에까지 이어졌다.

"아마 쓸쓸하고 청승맞다는 뜻으로 한 말은 아닐 거야. 아무래도 네가 나이에 비해 차분하고 성숙해 보인다는 거 아니겠어?"

동석한 사람들끼리 나름의 해석을 덧붙이며 "그러고 보니 백 선배도 가을 느낌이 나네, 앞자리 김 선배는 딱 여름 느낌이네" 하는 대화들이 이어졌다.

이쯤 되니 그중 어떤 의미로 감독님이 내게 그 말을 했는지는 별로 중요한 문제가 아닌 게 되어버렸다. 이 세상 그 어떤 것을 우리가 한마디로 정의할 수 있겠는가. 초가을의 청명함, 늦가을의 스산함, 그리고 그 중간을 메워주는 추석 하늘의 풍요로움. 어찌 보면 완전히 다른 모습의 느낌들이 모여 오롯이 가을을 만들어내고 있으니 그 모든 것이 그저 가을인 거지……. 사계절 중 유독 짧은 가을조차도 그렇게 한 가지 모습은 아니었다.

백과사전에서 가을은 '여름과 겨울 사이에 기온이 점차 떨어지는 계절'이라 정의하고 있다. 영어에서 가을을 나타내는 'fall'은 이 시기에 나무에서 이파리들이 떨어진다는 데 어원을 두고 있다고 한다. 유럽에서 가을의 개념은 농작물의 추수에 중심을 두고 있어 매우 중요한 시기로 분류가 된다. 지역마다 종교적 의식과 축제가 이어지는 것도 그 때문이다. 겨울을 앞두고 식량을 저장하고 추위에 대비하는 일도 모두 가을에 이뤄진다.

가을. 여름과 겨울을 연결해 주는 다리 역할이긴 하지만 따지고 보면 우리들의 생존을 위해 매우 중요한 시기인 셈이다. 그러고 보니 가을은 외롭고 쓸쓸할 틈 없이 참으로 바쁜 계절인 것 같다. 그런 가을에 유독 쓸쓸함을 느꼈던 것은 그저 한해가 끝나간다는 아쉬움 때문이 아니었을까.

하지만 끝을 보는 자가 미래를 준비할 수 있듯 무언가를 반성하고 마무리하며 정리하는 가을날의 고독은 분명 우리의 삶을 풍요롭게 만들 것이다.

가을 옷을 입은 마음. 서늘했다 더웠다, 비가 왔다 그쳤다 변덕스럽긴 하지만 그래서 조금 더 따뜻하게 여밀 수 있는 넉넉함의 계절이기를.

늦가을,
마음이 외롭다는 그대의 사연에 답하며

너, 가끔 외롭다는 말. 그 말 진짜야?

으응, 왜? 거짓말 같아?

항상 네 주변엔 친구들이 많잖아. 그런데 왜 외로울까?

아니야 아니야. 나도 가끔은 주변의 많은 사람들 속에 묻혀,

나 자신을 잃곤 하는걸……

그럴 때 나는 외로워. 나를 찾지 못해서.

가끔

사람들은 생각합니다.

세상은 나 혼자 살아가는 거라고

그래서 가끔은 외롭다고.

절대적으로 내 편이 되어줄 사람도

나의 이야기에 관심을 갖고 들어줄 사람도

내겐 없다고, 없었다고, 없을 거라고 말합니다.

그런데

진짜 사람들이 외로운 이유는

누군가가 없어서가 아니라,

내가 없어져서라는 생각이 들어요.

더 이상

나를 사랑할 이유를 발견하지 못할 때

그때 사람들은 외로워지는 것 같아요.

가을을 타는 이유는 그런 게 아닐까요?

눈이 부시게 아름다운 하늘,

그리고 그 자연 앞에

유난히 초라해 보이는 내 모습.

결국은

나를 잃어버렸기 때문에 우울해지는 것 같아요.

라디오 진행을 시작하며,

저는 저 자신을 사랑하는 법을 배웠습니다.

누군가, 아픈 사람을 사랑하면 되더군요.

처음에는 내 마음이 그에게 닿질 않는지

짝사랑이라는 느낌이 들기도 하고,

내 모습이 가식이나 위선으로 느껴지나 싶어

다가가는 데 멈칫하기도 했지만.

그런데

사람들, 결국 알아채더군요.

나의 사랑을, 나의 진심을…….

한 사람만을 사랑하는 비좁은 가슴이 아니라,

아픈 사람들 모두를 품을 줄 아는 그대.

함박웃음 가득 묻어나는 재밌는 글에서도,

저는 당신의 그런 마음을 읽을 수 있었습니다.

가을을 타시다니요.

사랑을 할 줄 아는 사람은,

사랑을 받을 자격이 충분합니다.

그리고

사랑을 받고 있는 사람은

외로우면 안 됩니다.

힘내세요.

다시,
한 살

올해로 만 서른한 살이 되었다. 서른한 살. 스무 살에는 상상조차 하지 못했던 나이. 하긴 스무 살이라는 예쁜 나이도 그 당시에는 꽤 낯설었다. 10대가 아닌 20대라는 낯선 이름은 나에게 생각보다 많은 권리와 의무를 부여했다.

생각해 보면 20대는 온통 그런 시간이었던 것 같다. 무언가 손에 잡히는 가치를 찾기 위해 수많은 사람들과 경쟁해야 했고, 그 시간들을 숨죽이며 기다리고 지켜봐야 했다. 그렇게 숨 가쁜 시간 속에서 20대가 예쁜 나이라는 걸 그 당시엔 알지 못했다. 온갖 실수와 시행착오들이 가득했던 불안한 시간들. 그 시간들을 모두 지내고 달걀한 판에 덤으로 하나. 무언가 조금은 넉넉하고 안정적인 30대가 되었다.

오랜만에 교회 대예배를 드렸다. 그동안은 주말에도 이어진 방송 스케줄 때문에 제시간에 예배를 드린 적이 별로 없었다. 오랜만에 그 시간에 가니 반가운 얼굴들이 여럿 보인다. 초등학교 때부터 옆자리에서 성가대를 했던 빡빡이 친구, 중·고등부 시절 남몰래 짝사랑했던

주일학교 선생님, 대학부 때 누구보다 앞서 봉사를 많이 했던 찬양팀 선배. 착한 인상, 선한 마음이 여전히 얼굴에 보이지만 참 이상하지? 그때보다 다들 살이 많이 올라있다. 특별히 먹을 것을 좋아하는 것도 아니고 나잇살이라 하기엔 아직은 활동량이 많은 젊은이들인데 왜 불과 몇 년 전에 비해 이렇게 살이 많이 찐 걸까? 저 사람, 옛날 옷들은 꽤 많이 버렸겠다. 예전엔 날렵했는데 저렇게 갑자기 살이 찌면 많이 불편하겠지, 이렇게 오지랖 넓게 생각이 미치자 갸우뚱. 의아한 마음에 옆자리 남편에게 살짝 물었다.

"오빠, 왜 사람들은 나이가 들면 살이 찔까?"

'나잇살이지, 예전보다 먹고 살기가 좋아졌나 보지' 류의 대수롭지 않은 답변을 기대했는데, 남편의 답변은 내게 깊은 여운을 남겼다.

"음, 그건……. 더 이상 성장하지 않아서가 아닐까?"

"성장? 키가 안 자라서?"

"응. 활동량은 크게 늘지 않았는데 더 이상 사람이 자라지를 않으니까 에너지 발산이 상대적으로 줄잖아. 성장에 쓰이던 에너지까지 적체되어 버리니까 그게 다 살로 가는 거지. 뭐 그런 이유 아닐까?"

초등학생도 깊게 생각하면 알아들을 만한, 어찌 보면 당연한 대답. 그러나 자꾸 그 한마디가 귓가에 맴돌았다.

'성장하지 않아서, 더 이상 성장하지 않아서.'

초등학교 5학년 때 우리 담임선생님은 매일 숙제로 '줄넘기 100번'을 내주셨다. 줄넘기를 하고 나면 꼭 부모님의 확인을 받아가야 했는데,

그게 매일 숙제이다 보니 처음에 열심히 하던 아이들도 엄마의 사인을 위조하기 시작했다. 그러나 나는 무식하게 매일 꼬박꼬박 숙제를 해갔다. 그 사인이 위조인지 아닌지 따져 묻지 않았던 선생님은, 성실하게 임한 그 숙제의 결과는 1년 후에나 보게 될 거라고 말씀하셨다. 그리고 1년 후 나는 키가 무려 8센티미터나 자랐다. 그맘때는 모두들 그러는 줄만 알았다.

그러나 중학생이 되고 입시에 바빠지면서 줄넘기나 운동은 내게서 멀어져 갔다. 신장은 그 자리에 멈춰 섰고, 그때부터 고등학교 3학년 때까지 나는 내 인생 최고의 몸무게, 그 정점을 찍었다.

성장(成長).

국어사전에서 정의하는 '성장'은 사람이나 동식물 따위가 자라서 점점 커지는 것뿐 아니라, 사물의 규모나 세력 따위가 점점 커짐을 의미한다. 나이 서른한 살이 되어서 문득 스스로에게 질문을 던지게 된다. "나는 과연, '지금' 성장하고 있는가?"

이 질문의 포인트는 '지금'이라는 단어다. 키도 다 자랐고, 학업도 마쳤고, 안정적인 직장에, 결혼까지 한 30대. 지금, 나는 과연 성장하고 있을까? 스스로의 삶에 안주해 더 이상의 성장은 불가능하다는 핑계로 차오르는 살들을 그냥 묵인하고 있지는 않았는지 반성하게 된다.

몸에 살이 찌면 움직임이 둔해진다. 마음과 의지에 살이 쪄도 역시 움직임이 둔해진다. '지금까지 한 것만으로도 충분하다'는 무사안일의 마음이, 무언가에 도전하는 데 주저하고 물러서며 뒤뚱거리게 하진 않았는지 나의 뒷모습을 돌아보게 된다.

꿈을 향해 앞으로 앞으로 달렸던 20대는 수많은 난관을 만나 넘어지기도 하고 좌절하기도 하면서 발가락 하나하나에 굳은살이 배길 만큼 최선을 다했다. 서러운 시행착오를 겪으며 숱하게 눈물도 흘렸지만, 그때 생긴 굳은살을 '훈장'이라 여길 만큼 강했고 날렵했다. 그 예쁜 나이에 나는 거칠었고 상처투성이였다. 그래서 언젠가부터 30대의 나는 좀더 우아해도 좋다고 스스로에게 허락했던가 보다.

그러나 그러면 안 될 것 같다. 우아하게 걷는 걸음이 왠지 둔하고 무겁게만 느껴진다.

서른한 살, 나는 다시 성장을 시작한다. '서른한 살'이 아니라 다시 '한 살'이다. 다시 기고 걷고 뛰기까지 끊임없이 자라보기로 한다. 나이 먹어 늙어가는 것이 아닌 여전히 날렵하게 한 걸음 한 걸음 다시 '성장'하기로!

여전하다는 말

지금

당신의 그 자리를

난 여전히 응원합니다.

.

.

'여전하다'는 말

난 요즘

그 말이 참 좋아요.

모니터 앞에 앉아 또각또각 '이지애'를 검색해 본다. 이지애 몸매, 이지애 글래머, 이지애 파격의상이 함께 뜬다. '루이지애나', '장난이 지 애들이 뭐' 등의 연관검색어가 떴던 시절도 있었으니 이 정도면 용 됐다 싶다. 하지만 그러면서도 금세 시무룩해지는 이 마음은 뭘까.

입사 7년차 나는 언제나 언론인이기를 꿈꿨다. 그러나 대중은 (물론 일부겠지만) 이렇듯 자극적이고, 때로는 치욕적인 것들에 관심을 갖곤 했다. 누군가는 이런 것도 즐길 줄 알아야 대인배라고 하건만 타고난 것이 그렇지를 못하여 쉽게 상처받고 남몰래 울기도 했다.

이 책 『퐁당』의 이야기는 미소 뒤에 숨겨진 나의 '진짜' 이야기들이 다. 웃고 있었지만 실은 우는 날이 더 많았던 가슴속 울렁임을, 그리 고 절망의 순간에도 결국 웃을 수밖에 없었던 진짜 속마음을 전하고 싶었다.

Thanks to

이 책이 나오기까지 내게 촉촉한 감동을 준 모든 이들에게 감사의 마음을 전하고 싶다. 늘 전폭적인 응원을 보내주신 무엇과도 바꿀 수 없는 네 분의 부모님과 사랑의 여러 가지 의미를 가장 가까운 곳에서 매일 느끼게 해주는 남편 김정근, 내게 언제나 엄지손가락을 들어주는 소중한 언니들 이미지, 김수영, 권선영, 한지선, 이성희. 예쁜 그림 공부를 도와준 친구 남유진, 멀리 미국에서 이 책이 나오기를 기다려 준 나의 분신 김민선, 박혜정. 그리고 언제나 나의 변호인단이자 또 하나의 가족이었던 KBS 아나운서실 선후배님들, '시월드' 티를 전혀 내지 않는 MBC 아나운서 동료들, 나의 첫 번째 독자이자 오랜 시간 든든한 조력자였던 이혜진, 한지혜 님을 비롯한 해냄출판사 식구들에게 감사의 인사를 전한다.

마지막으로 이 책을 통해 나의 시간을 잠시나마 함께 느껴준 그대에게도 감사와 격려의 마음을 보내고 싶다. 퐁당, 그대의 오늘도 어딘가에 흠뻑 빠져든 행복한 시간이기를…….

이지애 감성 에세이

퐁당

초판 1쇄 2012년 10월 9일
초판 5쇄 2013년 11월 20일

지은이 | 이지애
펴낸이 | 송영석

편집장 | 이진숙 · 이혜진
기획편집 | 박신애 · 한지혜 · 박은영 · 신랑 · 오규원
디자인 | 박윤정 · 김현철
마케팅 | 이종우 · 한명회 · 김유종
관리 | 송우석 · 황규성 · 전지연 · 황지현

펴낸곳 | (株) 해냄출판사
등록번호 | 제10-229호
등록일자 | 1988년 5월 11일(설립연도 | 1983년 6월 24일)

120-210 서울시 마포구 서교동 368-4 해냄빌딩 5 · 6층
대표전화 | 326-1600 **팩스** | 326-1624
홈페이지 | www.hainaim.com

ISBN 978-89-6574-358-3